La métamorphose

Franz Kafka

La métamorphose

suivi de

Dans la colonie pénitentiaire

Traduit par Bernard Lortholary

Librio

Texte intégral

1

En se réveillant un matin après des rêves agités, Gregor Samsa se retrouva, dans son lit, métamorphosé en un monstrueux insecte. Il était sur le dos, un dos aussi dur qu'une carapace, et, en relevant un peu la tête, il vit, bombé, brun, cloisonné par des arceaux plus rigides, son abdomen sur le haut duquel la couverture, prête à glisser tout à fait, ne tenait plus qu'à peine. Ses nombreuses pattes, lamentablement grêles par comparaison avec la corpulence qu'il avait par ailleurs, grouillaient désespérément sous ses yeux.

« Qu'est-ce qui m'est arrivé ? » pensa-t-il. Ce n'était pas un rêve. Sa chambre, une vraie chambre humaine, juste un peu trop petite, était là tranquille entre les quatre murs qu'il connaissait bien. Au-dessus de la table où était déballée une collection d'échantillons de tissus – Samsa était représentant de commerce –, on voyait accrochée l'image qu'il avait récemment découpée dans un magazine et mise dans un joli cadre doré. Elle représentait une dame munie d'une toque et d'un boa tous les deux en fourrure et qui, assise bien droite, tendait vers le spectateur un lourd manchon de fourrure où tout son avant-bras avait disparu.

Le regard de Gregor se tourna ensuite vers la fenêtre, et le temps maussade – on entendait les gouttes de pluie frapper le rebord en zinc – le rendit tout mélancolique. « Et si je redormais un peu et oubliais toutes ces sottises ? » se dit-il ; mais c'était absolument irréalisable, car il avait l'habitude de dormir sur le côté droit et, dans l'état où il était à présent, il était incapable de se mettre dans cette position. Quelque énergie qu'il mît à se jeter sur le côté droit, il tanguait et retombait à chaque fois sur le dos. Il dut bien essayer cent fois, fermant les yeux pour ne pas s'imposer le spectacle de ses pattes en train de gigoter, et il ne renonça que lorsqu'il commença à sentir sur le flanc une petite douleur sourde qu'il n'avait jamais éprouvée.

« Ah, mon Dieu », songea-t-il, « quel métier fatigant j'ai choisi ! Jour après jour en tournée. Les affaires vous énervent bien plus qu'au siège même de la firme, et par-dessus le marché je dois subir le tracas des déplacements, le souci des correspondances ferroviaires, les repas irréguliers et mauvais, et des contacts humains qui changent sans cesse, ne durent jamais, ne deviennent jamais cordiaux. Que le diable emporte tout cela ! » Il sentit une légère démangeaison au sommet de son abdomen ; se traîna lentement sur le dos en se rapprochant du montant du lit afin de pouvoir mieux redresser la tête ; trouva l'endroit qui le démangeait et qui était tout couvert de petits points blancs dont il ne sut que penser ; et il voulut palper l'endroit avec une patte, mais il la retira aussitôt, car à ce contact il fut tout parcouru de frissons glacés.

Il glissa et reprit sa position antérieure. « À force de se lever tôt », pensa-t-il, « on devient complètement stupide. L'être humain a besoin de son sommeil. D'autres représentants vivent comme des femmes de harem. Quand, par exemple, moi je rentre à l'hôtel dans le courant de la matinée pour transcrire les commandes que j'ai obtenues, ces messieurs n'en sont encore qu'à prendre leur petit déjeuner. Je devrais essayer ça avec mon patron ; je serais viré immédiatement. Qui sait, du reste, si ce ne serait pas une très bonne chose pour moi. Si je ne me retenais pas à cause de mes parents, il y a longtemps que j'aurais donné ma démission, je me serais présenté devant le patron et je lui aurais dit ma façon de penser, du fond du cœur. De quoi le faire tomber de son comptoir ! Il faut dire que ce ne sont pas des manières, de s'asseoir sur le comptoir et de parler de là-haut à l'employé, qui de plus est obligé d'approcher tout près, parce que le patron est sourd. Enfin, je n'ai pas encore abandonné tout espoir ; une fois que j'aurai réuni l'argent nécessaire pour rembourser la dette de mes parents envers lui – j'estime que cela prendra encore de cinq à six ans –, je ferai absolument la chose. Alors, je trancherai dans le vif. Mais enfin, pour le moment, il faut que je me lève, car mon train part à cinq heures. »

Et il regarda vers la pendule-réveil dont on entendait le tic-tac sur la commode. « Dieu du ciel ! » pensa-t-il. Il était six heures et demie, et les aiguilles avançaient tranquillement, il était même la demie passée, on allait déjà sur moins un quart. Est-ce que le réveil n'aurait pas sonné ? On voyait depuis le lit qu'il était bien réglé sur quatre heures ; et sûrement qu'il avait sonné. Oui, mais était ce possible de ne pas entendre cette sonnerie à faire trembler les meubles et de continuer tranquillement à dormir ? Eh bien, on ne pouvait pas dire qu'il eût dormi tranquillement, mais sans doute son sommeil avait-il été d'autant plus profond. Seulement, à présent, que fallait-il faire ? Le train suivant était à sept heures ; pour l'attraper, il aurait fallu se presser de façon insensée, et la collection n'était pas remballée, et lui-même était loin de se sentir particulièrement frais et dispos. Et même s'il attrapait le train, cela ne lui éviterait pas de se faire passer un savon par le patron, car le commis l'aurait attendu au départ du train de cinq heures et aurait depuis longtemps prévenu de son absence. C'était une créature du patron, sans aucune dignité ni intelligence. Et s'il se faisait porter malade ? Mais ce serait extrêmement gênant et suspect, car depuis cinq ans qu'il était dans cette place, pas une fois Gregor n'avait été malade. Sûrement que le patron viendrait accompagné du médecin de la Caisse Maladie, qu'il ferait des reproches à ses parents à cause de leur paresseux de fils et qu'il couperait court à toute objection en se référant au médecin de la Caisse, pour qui par principe il existe uniquement des gens en fort bonne santé, mais fainéants. Et du reste, en l'occurrence, aurait-il entièrement tort ? Effectivement, à part cette somnolence vraiment superflue chez quelqu'un qui avait dormi longtemps, Gregor se sentait fort bien et avait même particulièrement faim.

Tandis qu'il réfléchissait précipitamment à tout cela sans pouvoir se résoudre à quitter son lit – la pendulette sonnait juste six heures trois quarts –, on frappa précautionneusement à la porte qui se trouvait au chevet de son lit. « Gregor », c'était sa mère qui l'appelait, « il est sept heures moins un quart. Est-ce que tu ne voulais pas prendre le train ? » La douce voix ! Gregor prit peur en s'entendant répondre : c'était sans aucun doute sa voix d'avant, mais il venait s'y mêler, comme par en dessous, un couinement douloureux et irrépressible qui ne laissait aux mots leur netteté qu'au premier instant, littéralement, pour ensuite en détruire la résonance au point qu'on ne savait pas si l'on avait bien entendu. Gregor avait d'abord l'intention de répondre en détail et de tout expliquer, mais dans ces conditions il se contenta de dire : « Oui, oui, merci maman, je me lève. » Sans doute la porte en bois empêchait-elle qu'on notât de l'extérieur le changement de sa voix, car sa mère fut rassurée par cette déclaration et s'éloigna d'un pas traînant. Mais ce petit échange de propos avait signalé aux autres membres de la famille que Gregor, contre toute attente, était encore à la maison, et voilà que déjà, à l'une des portes latérales, son père frappait doucement, mais du poing, en s'écriant : « Gregor, Gregor, qu'est-ce qui se passe ? » Et au bout d'un petit moment il répétait d'une voix plus grave et sur un ton de reproche : « Gregor ! Gregor ! » Et derrière l'autre porte latérale, la sœur de Gregor murmurait d'un ton plaintif : « Gregor ? Tu ne te sens pas bien ? Tu as besoin de quelque chose ? » À l'un comme à l'autre, Gregor répondit « je vais avoir fini », en s'imposant la diction la plus soignée et en ménageant de longues pauses entre chaque mot, afin que sa voix n'eût rien de bizarre. D'ailleurs, son père retourna à son petit déjeuner, mais sa sœur chuchota : « Gregor, ouvre, je t'en conjure. » Mais Gregor n'y songeait pas, il se félicita au contraire de la précaution qu'il avait apprise dans ses tournées et qui lui faisait fermer toutes les portes à clé pour la nuit, même quand il était chez lui.

Il entendait d'abord se lever tranquillement et en paix, s'habiller et surtout déjeuner ; ensuite seulement il réfléchirait au reste, car il se rendait bien compte qu'au lit sa méditation ne déboucherait sur rien de sensé. Il se rappela que souvent déjà il avait ressenti au lit l'une de ces petites douleurs, causées peut-être par une mauvaise position, qui ensuite, quand on était debout, se révélaient être purement imaginaires, et il était curieux de voir comment les idées qu'il s'était faites ce matin allaient s'évanouir peu à peu. Quant au changement de sa voix, il annonçait tout simplement un bon rhume, cette maladie professionnelle des représentants de commerce, aucun doute là-dessus.

Rejeter la couverture, rien de plus simple ; il n'avait qu'à se gonfler un peu, elle tomba toute seule. Mais la suite des opérations était plus délicate, surtout parce qu'il était excessivement large. Il aurait eu besoin de bras et de mains pour se redresser ; or, au lieu de cela, il n'avait que ces nombreuses petites pattes sans cesse animées des mouvements les plus divers et de surcroît impossibles à maîtriser. Voulait-il en plier une, elle n'avait rien de plus pressé que de s'étendre ; et s'il parvenait enfin à exécuter avec cette patte ce qu'il voulait, les autres pendant ce temps avaient quartier libre et travaillaient toutes dans une extrême et douloureuse excitation. « Surtout, ne pas rester inutilement au lit », se dit Gregor.

Il voulut d'abord sortir du lit en commençant par le bas de son corps, mais ce bas, que du reste il n'avait pas encore vu et dont il ne pouvait guère se faire non plus d'idée précise, se révéla trop lourd à remuer ; cela allait trop lentement ; et quand, pour finir, prenant le mors aux dents, il poussa de toutes ses forces et sans précaution aucune, voilà qu'il avait mal visé : il heurta violemment le montant inférieur du lit, et la douleur cuisante qu'il éprouva lui apprit à ses dépens que, pour l'instant, le bas de son corps en était peut-être précisément la partie la plus sensible.

Il essaya donc de commencer par extraire du lit le haut de son corps, et il tourna prudemment la tête vers le bord. Cela marcha d'ailleurs sans difficulté, et finalement la masse de son corps, en dépit de sa largeur et de son poids, suivit lentement la rotation de la tête. Mais lorsque enfin Gregor tint la tête hors du lit, en l'air, il eut peur de poursuivre de la sorte sa progression, car si pour finir il se laissait tomber ainsi, il faudrait un vrai miracle pour ne pas se blesser à la tête. Et c'était le moment ou jamais de garder à tout prix la tête claire ; il aimait mieux rester au lit.

Mais lorsque, au prix de la même somme d'efforts, il se retrouva, avec un gémissement de soulagement, dans sa position première, et qu'il vit à nouveau ses petites pattes se battre entre elles peut-être encore plus âprement, et qu'il ne trouva aucun moyen pour ramener l'ordre et le calme dans cette anarchie, il se dit inversement qu'il ne pouvait pour rien au monde rester au lit et que le plus raisonnable était de consentir à tous les sacrifices, s'il existait le moindre espoir d'échapper ainsi à ce lit. Mais dans le même temps il n'omettait pas de se rappeler qu'une réflexion mûre et posée vaut toutes les décisions désespérées. À de tels instants, il fixait les yeux aussi précisément que possible sur la fenêtre, mais hélas la vue de la brume matinale, qui cachait même l'autre côté de l'étroite rue, n'était guère faite pour inspirer l'allégresse et la confiance en soi. « Déjà sept heures », se dit-il en entendant sonner de nouveau la pendulette, « déjà sept heures, et toujours un tel brouillard. » Et pendant un moment il resta calmement étendu en respirant à peine, attendant peut-être que ce silence total restaurerait l'évidente réalité des choses.

Mais ensuite il se dit : « Il faut absolument que je sois tout à fait sorti du lit avant que sept heures et quart ne sonnent. D'ailleurs, d'ici là, il viendra quelqu'un de la firme pour s'enquérir de moi, car ils ouvrent avant sept heures. » Et il entreprit dès lors de basculer son corps hors du lit de tout son long et d'un seul coup. S'il se laissait tomber de la sorte, on pouvait présumer que la tête, qu'il allait dresser énergiquement, demeurerait intacte. Le dos semblait dur ; lui n'aurait sans doute rien, en tombant sur le tapis. Ce qui ennuyait le plus Gregor, c'était la crainte du bruit retentissant que cela produirait immanquablement et qui sans doute susciterait, de l'autre côté de toutes les portes, sinon l'effroi, du moins des inquiétudes. Mais il fallait prendre le risque.

Quand Gregor dépassa déjà à moitié du lit – la nouvelle méthode était plus un jeu qu'un effort pénible, il lui suffisait de se balancer sans arrêt en se redonnant de l'élan –, il songea soudain combien tout eût été simple si on était venu l'aider. Deux personnes robustes – il pensait à son père et à la bonne – y auraient parfaitement suffi ; elles n'auraient eu qu'à glisser leurs bras sous son dos bombé, à le détacher de la gangue du lit, à se baisser avec leur fardeau, et ensuite uniquement à le laisser avec précaution opérer son rétablissement sur le sol, où dès lors on pouvait espérer que les petites pattes auraient enfin un sens. Mais, sans compter que les portes étaient fermées à clé, aurait-il vraiment fallu appeler à l'aide ? À cette idée, en dépit de tout son désarroi, il ne put réprimer un sourire.

Il en était déjà au point où, en accentuant son balancement, il était près de perdre l'équilibre, et il lui fallait très vite prendre une décision définitive, car il ne restait que cinq minutes jusqu'à sept heures et quart... C'est alors qu'on sonna à la porte de l'appartement. « C'est quelqu'un de la firme », se dit-il, presque pétrifié, tandis que ses petites pattes n'en dansaient que plus frénétiquement. L'espace d'un instant, tout resta silencieux. « Ils n'ouvrent pas », se dit Gregor, obnubilé par quelque espoir insensé. Mais alors, naturellement, comme toujours, la bonne alla d'un pas ferme jusqu'à la porte et ouvrit. Gregor n'eut qu'à entendre la première parole de salutation prononcée par le visiteur pour savoir aussitôt qui c'était : le fondé de pouvoir en personne. Pourquoi diable Gregor était-il condamné à travailler dans une entreprise où, à la moindre incartade, on vous soupçonnait du pire ? Les employés n'étaient-ils donc tous qu'une bande de salopards, n'y avait-il parmi eux pas un seul serviteur fidèle et dévoué, à qui la seule idée d'avoir manqué ne fût-ce que quelques heures de la matinée inspirait de tels remords qu'il en perdait la tête et n'était carrément plus en état de sortir de son lit ? Est-ce que vraiment il ne suffisait pas d'envoyer aux nouvelles un petit apprenti – si tant est que cette chicanerie fût indispensable –, fallait-il que le fondé de pouvoir vînt en personne, et que du même coup l'on manifestât à toute l'innocente famille que l'instruction de cette ténébreuse affaire ne pouvait être confiée qu'à l'intelligence du fondé de pouvoir ? Et c'est plus l'excitation résultant de ces réflexions que le fruit d'une véritable décision qui fit que Gregor se jeta de toutes ses forces hors du lit. Il en résulta un choc sonore, mais pas vraiment un bruit retentissant. La chute fut un peu amortie par le tapis, et puis le dos de Gregor était plus élastique qu'il ne l'avait pensé, d'où ce son assourdi qui n'attirait pas tellement l'attention. Simplement, il n'avait pas tenu sa tête avec assez de précaution, elle avait porté ; il la tourna et, sous le coup de la contrariété et de la douleur, la frotta sur le tapis.

« Il y a quelque chose qui vient de tomber, là-dedans », dit le fondé de pouvoir dans la chambre de gauche. Gregor essaya de s'imaginer si pareille mésaventure ne pourrait pas arriver un jour au fondé de pouvoir ; de fait, il fallait convenir que ce n'était pas là une éventualité à exclure. Mais voilà que, comme pour répondre brutalement à cette interrogation, le fondé de pouvoir faisait dans la chambre attenante quelques pas résolus, en faisant craquer ses bottines vernies. De la chambre de droite, la sœur de Gregor le mettait au courant en chuchotant : « Gregor, le fondé de pouvoir est là. – Je sais », dit Gregor à la cantonade, mais sans oser forcer suffisamment la voix pour que sa sœur pût l'entendre.

« Gregor », dit alors son père dans la chambre de gauche, « M. le fondé de pouvoir est là et demande pourquoi tu n'as pas pris le premier train. Nous ne savons que lui dire. Du reste, il souhaite te parler personnellement. Donc, ouvre ta porte, je te prie. Il aura sûrement la bonté d'excuser le désordre de ta chambre. – Bonjour, monsieur Samsa ! » lança alors aimablement le fondé de pouvoir. « Il ne se sent pas bien », lui dit la mère de Gregor sans attendre que son père eût fini de parler derrière sa porte, « il ne se sent pas bien, croyez-moi, monsieur le fondé de pouvoir. Sinon, comment Gregor raterait-il un train ? Ce garçon n'a que son métier en tête. C'est au point que je suis presque fâchée qu'il ne sorte jamais le soir ; tenez, cela fait huit jours qu'il n'a pas eu de tournée, et il était tous les soirs à la maison. Il reste alors assis à la table familiale et lit le journal en silence, ou bien étudie les horaires des trains. C'est déjà pour lui une distraction que de manier la scie à découper. Ainsi, en deux ou trois soirées, il a par exemple confectionné un petit cadre ; vous serez étonné de voir comme il est joli ; il est accroché là dans sa chambre ; vous le verrez dès que Gregor aura ouvert. Je suis d'ailleurs bien contente que vous soyez là, monsieur le fondé de pouvoir ; à nous seuls, nous n'aurions pas pu persuader Gregor d'ouvrir sa porte ; il est si entêté ; et il ne se sent sûrement pas bien, quoiqu'il ait affirmé le contraire ce matin. – J'arrive tout de suite », dit lentement et posément Gregor, sans bouger pour autant, afin de ne pas perdre un mot de la conversation. « Je ne vois pas non plus d'autre explication, chère Madame », disait le fondé de pouvoir, « espérons que ce n'est rien de grave. Encore que nous autres gens d'affaires, je dois le dire, soyons bien souvent contraints – hélas ou heureusement, comme on veut – de faire tout bonnement passer nos obligations professionnelles avant une légère indisposition. – Alors, est-ce que M. le fondé de pouvoir peut venir te voir, maintenant ? » demanda impatiemment le père en frappant de nouveau à la porte. « Non », dit Gregor. Il s'ensuivit un silence embarrassé dans la chambre de gauche, et dans la chambre de droite la sœur se mit à sangloter.

Pourquoi sa sœur ne rejoignait-elle donc pas les autres ? Sans doute venait-elle tout juste de se lever et n'avait-elle pas même commencé à s'habiller. Et pourquoi donc pleurait-elle ? Parce qu'il ne se levait pas et ne laissait pas entrer le fondé de pouvoir, parce qu'il risquait de perdre son emploi et qu'alors le patron recommencerait à tourmenter leurs parents avec ses vieilles créances ? Mais c'étaient là pour le moment des soucis bien peu fondés. Gregor était toujours là et ne songeait pas le moins du monde à quitter sa famille. Pour l'instant, il était étendu là sur le tapis et personne, connaissant son état, n'aurait sérieusement exigé de lui qu'il reçût le fondé de pouvoir. Or, ce n'était pas cette petite impolitesse, à laquelle il serait d'ailleurs facile de trouver ultérieurement une excuse convenable, qui allait motiver un renvoi immédiat de Gregor. Et il trouvait qu'il eût été bien plus raisonnable qu'on le laissât tranquille pour le moment, au lieu de l'importuner en pleurant et en lui faisant la leçon. Mais voilà, c'était l'inquiétude qui tenaillait les autres et excusait leur attitude.

« Monsieur Samsa », lançait à présent le fondé de pouvoir en haussant la voix, « que se passe-t-il donc ? Vous vous barricadez dans votre chambre, vous ne répondez que par oui et par non, vous causez de graves et inutiles soucis à vos parents et – soit dit en passant – vous manquez à vos obligations professionnelles d'une façon proprement inouïe. Je parle ici au nom de vos parents et de votre patron, et je vous prie solennellement de bien vouloir fournir une explication immédiate et claire. Je m'étonne, je m'étonne. Je vous voyais comme quelqu'un de posé, de sensé, et il semble soudain que vous vouliez vous mettre à faire étalage de surprenants caprices. Le patron, ce matin, me suggérait bien une possible explication de vos négligences – elle touchait les encaissements qui vous ont été récemment confiés –, mais en vérité je lui ai presque donné ma parole que cette explication ne pouvait être la bonne. Mais à présent je vois votre incompréhensible obstination et cela m'ôte toute espèce d'envie d'intervenir le moins du monde en votre faveur. Et votre situation n'est pas des plus assurées, loin de là. Au départ, j'avais l'intention de vous dire cela de vous à moi, mais puisque vous me faites perdre mon temps pour rien, je ne vois pas pourquoi vos parents ne devraient pas être mis au courant aussi. Eh bien, vos résultats, ces temps derniers, ont été fort peu satisfaisants ; ce n'est certes pas la saison pour faire des affaires extraordinaires, et nous en convenons ; mais une saison pour ne pas faire d'affaires du tout, cela n'existe pas, monsieur Samsa, cela ne doit pas exister.

– Mais, monsieur le fondé de pouvoir », s'écria Gregor outré au point d'oublier toute autre considération, « j'ouvre tout de suite, à l'instant même. C'est un léger malaise, un vertige, qui m'a empêché de me lever. Je suis encore couché. Mais à présent je me sens de nouveau tout à fait dispos. Je suis en train de sortir de mon lit. Juste un petit instant de patience ! Cela ne va pas encore aussi bien que je le pensais. Mais je me sens déjà mieux. Comme ces choses-là vous prennent ! Hier soir encore j'allais très bien, mes parents le savent bien, ou plutôt, dès hier soir j'avais un petit pressentiment. Cela aurait dû se voir. Que n'ai-je prévenu la firme ! Mais voilà, on pense toujours surmonter la maladie sans rester chez soi. Monsieur le fondé de pouvoir ! Épargnez mes parents. Les reproches que vous me faites là ne sont pas fondés ; d'ailleurs, on ne m'en a pas soufflé mot. Peut-être n'avez-vous pas regardé les dernières commandes que j'ai transmises. Au demeurant, je partirai par le train de huit heures au plus tard, ces quelques heures de repos m'ont redonné des forces. Ne perdez surtout pas votre temps, monsieur le fondé de pouvoir ; je vais de ce pas me présenter à nos bureaux, ayez la bonté de l'annoncer, et présentez mes respects à notre patron. »

Et tout en débitant tout cela sans trop savoir ce qu'il disait, Gregor, avec une facilité résultant sans doute de son entraînement sur le lit, s'était approché de la commode, et il essayait maintenant de se redresser en prenant appui sur elle. Il voulait effectivement ouvrir la porte, voulait effectivement se montrer et parler au fondé de pouvoir ; il était désireux de savoir ce que les autres, qui le réclamaient avec tant d'insistance, diraient en le voyant. S'ils étaient effrayés, alors Gregor ne serait plus responsable et pourrait être tranquille. Et si les autres prenaient tout cela avec calme, alors Gregor n'aurait plus non plus de raison de s'inquiéter et, en faisant vite, il pourrait effectivement être à huit heures à la gare. Il commença par glisser plusieurs fois, retombant au pied du meuble trop lisse, mais finalement il prit un ultime élan et se retrouva debout ; il ne prêtait plus garde aux douleurs de son abdomen, si cuisantes qu'elles fussent. Puis il se laissa aller contre un dossier de chaise qui se trouvait à proximité, et s'y cramponna de ses petites pattes. Mais, du même coup, il avait retrouvé sa maîtrise de soi et il se tut, car maintenant il pouvait écouter ce qu'avait à dire le fondé de pouvoir.

« Avez-vous compris un traître mot ? » demandait celui-ci aux parents, « il n'est tout de même pas en train de se payer notre tête ? – Mon Dieu », s'écriait la mère aussitôt en pleurs, « il est peut-être gravement malade, et nous sommes là à le tourmenter. Grete ! Grete ! » À ce cri, la sœur répondit depuis l'autre chambre : « Maman ? » Elles se parlaient ainsi d'un côté à l'autre de la chambre de Gregor. « Tu vas tout de suite aller chercher le médecin. Gregor est malade. Vite, le médecin. Est-ce que tu as entendu Gregor parler, à l'instant ? – C'était une voix d'animal », dit le fondé de pouvoir tout doucement, alors que la mère avait crié. « Anna ! Anna ! » lança le père en direction de la cuisine, depuis l'antichambre, en frappant dans ses mains, « allez tout de suite chercher un serrurier ! » Et déjà les deux filles traversaient en courant l'antichambre dans un frou-frou de jupes – comment avait fait Grete pour s'habiller si vite ? – et ouvraient bruyamment la porte de l'appartement. On ne l'entendit pas se refermer ; sans doute l'avaient-elles laissée ouverte, comme c'est le cas dans les maisons où un malheur est arrivé.

Or, Gregor était maintenant beaucoup plus calme. Certes, on ne comprenait donc plus ses paroles, bien que lui les aient trouvées passablement distinctes, plus distinctes que précédemment, peut-être parce que son oreille s'y était habituée. Mais enfin, désormais, l'on commençait à croire qu'il n'était pas tout à fait dans son état normal, et l'on était prêt à l'aider. L'assurance et la confiance avec lesquelles avaient été prises les premières dispositions lui faisaient du bien. Il se sentait de nouveau inclus dans le cercle de ses semblables et attendait, aussi bien du médecin que du serrurier, sans trop faire la distinction entre eux, des interventions spectaculaires et surprenantes. Pour avoir une voix aussi claire que possible à l'approche de discussions décisives, il se râcla un peu la gorge en toussotant, mais en s'efforçant de le faire en sourdine, car il était possible que même ce bruit eût déjà une autre résonance que celle d'une toux humaine, et il n'osait plus en décider lui-même. À côté, entre-temps, c'était le silence complet. Peut-être que ses parents étaient assis à la table avec le fondé de pouvoir et chuchotaient, peut-être qu'ils avaient tous l'oreille collée à la porte pour écouter.

Gregor se propulsa lentement vers la porte avec la chaise, puis lâcha celle-ci, se jeta contre la porte et se tint debout en s'accrochant à elle – les coussinets de ses petites pattes avaient un peu de colle –, puis se reposa un instant de son effort. Mais ensuite il entreprit de tourner la clé dans la serrure avec sa bouche. Il apparut, hélas, qu'il n'avait pas vraiment de dents – et avec quoi saisir la clé ? –, en revanche les mâchoires étaient fort robustes ; en se servant d'elles, il parvenait effectivement à faire bouger la clé, sans se soucier de ce qu'il était manifestement en train de se faire mal, car il y avait un liquide brunâtre qui lui sortait de la bouche, coulait sur la clé et tombait goutte à goutte sur le sol. « Tenez, écoutez », dit à côté le fondé de pouvoir, « il tourne la clé. » Ce fut pour Gregor un grand encouragement ; mais ils auraient tous dû lui crier, son père et sa mère aussi : « Vas-y, Gregor », ils auraient dû crier : « Tiens bon, ne lâche pas la serrure ! » Et à l'idée qu'ils suivaient tous avec passion ses efforts, il mordit farouchement la clé avec toute l'énergie qu'il pouvait rassembler. Selon où en était la rotation de la clé, c'était un ballet qu'il exécutait autour de la serrure, il ne tenait plus debout que par sa bouche, tantôt se suspendant à la clé s'il le fallait, ou bien pesant sur elle de toute la masse de son corps. Quand enfin la serrure céda, le son plus clair de son déclic réveilla littéralement Gregor. Avec un soupir de soulagement, il se dit : « Je n'ai donc pas eu besoin du serrurier. » Et il appuya la tête sur le bec-de-cane pour finir d'ouvrir la porte.

Comme il était obligé d'ouvrir la porte de cette façon, en fait elle fut déjà assez largement ouverte avant que lui-même fût visible. Il lui fallut d'abord contourner lentement le panneau, et très prudemment, s'il ne voulait pas tomber maladroitement sur le dos juste au moment de faire son entrée. Il était encore occupé à exécuter ce mouvement délicat et n'avait pas le temps de se soucier d'autre chose, quand il entendit le fondé de pouvoir pousser un grand « oh ! » – on aurait dit le bruit du vent dans les arbres –, et Gregor le vit à son tour, plus près de la porte que les autres, porter la main à sa bouche ouverte et reculer lentement, comme repoussé par une force invisible qui aurait agi continûment. La mère – elle était là, en dépit de la présence du fondé de pouvoir, avec les cheveux défaits comme pour la nuit, et qui se dressaient sur sa tête – commença par regarder le père en joignant les mains, puis fit deux pas en direction de Gregor et s'effondra au milieu de ses jupes étalées autour d'elle, la face tournée vers sa poitrine et impossible à discerner. Le père serra le poing d'un air hostile comme s'il voulait repousser Gregor dans sa chambre, puis regarda la pièce autour de lui d'un air égaré, puis se cacha les yeux derrière ses mains et se mit à pleurer tellement que sa puissante poitrine tressautait.

Or, Gregor n'entra pas dans la pièce, il s'appuya au battant fixe de la porte, de telle sorte que son corps n'était visible qu'à moitié, couronné de sa tête inclinée de côté pour observer les autres. Il faisait à présent bien plus clair ; on voyait nettement, de l'autre côté de la rue, une portion de l'immeuble d'en face, immense et gris-noir – c'était un hôpital –, avec ses fenêtres régulières qui perçaient brutalement sa façade ; la pluie tombait encore, mais seulement à grosses gouttes visibles une à une et littéralement jetées aussi une à une sur le sol. Le couvert du petit déjeuner occupait abondamment la table, car pour le père de Gregor le plus important repas de la journée était le petit déjeuner, qu'il prolongeait des heures durant en lisant divers journaux. Au mur d'en face était accrochée une photographie de Gregor datant de son service militaire et le représentant en uniforme de sous-lieutenant, la main posée sur la poignée de son sabre, souriant crânement et entendant qu'on respectât son allure et sa tenue. La porte donnant sur l'antichambre était ouverte et, comme la porte de l'appartement l'était aussi, on apercevait le palier et le haut de l'escalier.

« Eh bien », dit Gregor, bien conscient d'être le seul à avoir gardé son calme, « je vais tout de suite m'habiller, remballer ma collection et partir. Est-ce que vous, vous voulez bien me laisser partir ? Eh bien, vous voyez, monsieur le fondé de pouvoir, je ne suis pas buté, je ne demande qu'à travailler ; ces tournées sont fatigantes, mais je ne saurais vivre sans. Où donc allez-vous, monsieur le fondé de pouvoir ? Au bureau ? Oui ? Ferez-vous un rapport en tout point conforme à la vérité ? On peut n'être pas en état de travailler momentanément, mais c'est le moment ou jamais de se rappeler ce qui a été accompli naguère et de considérer qu'une fois l'obstacle écarté l'on en travaillera ensuite avec d'autant plus de zèle et de concentration. Tant de choses me lient à notre patron, vous le savez fort bien. D'autre part, j'ai le souci de mes parents et de ma sœur. Je me trouve coincé, mais je m'en tirerai. Seulement, ne me rendez pas les choses plus difficiles qu'elles ne sont. Prenez mon parti au bureau. Le représentant n'est pas aimé, je sais. On s'imagine qu'il gagne une fortune et qu'il a la belle vie. C'est qu'on n'a pas de raison particulière de réviser ce préjugé. Mais vous, monsieur le fondé de pouvoir, vous avez de la situation une meilleure vue d'ensemble que le reste du personnel et même, soit dit entre nous, que le patron lui-même, qui en sa qualité de chef d'entreprise laisse aisément infléchir son jugement au détriment de l'employé. Vous savez aussi fort bien que le représentant, éloigné des bureaux presque toute l'année, est facilement victime des ragots, des incidents fortuits et des réclamations sans fondements, contre lesquels il lui est tout à fait impossible de se défendre, étant donné que généralement il n'en a pas vent et n'en ressent les cuisantes conséquences, sans plus pouvoir en démêler les causes, que lorsqu'il rentre épuisé de ses tournées. Monsieur le fondé de pouvoir, ne partez pas sans m'avoir dit un mot qui me montre qu'au moins pour une petite part vous me donnez raison. »

Mais, dès les premiers mots de Gregor, le fondé de pouvoir s'était détourné et ne l'avait plus regardé, avec une moue de dégoût, que par-dessus son épaule convulsivement crispée. Et tout le temps que Gregor parla, il ne se tint pas un instant immobile, mais, sans quitter Gregor des yeux, battit en retraite vers la porte, et ce très progressivement, comme si quelque loi secrète interdisait de quitter la pièce. Il était déjà dans l'antichambre et, au mouvement brusque qu'il eut pour faire son dernier pas hors de la pièce, on aurait pu croire qu'il venait de se brûler la plante du pied. Et dans l'antichambre il tendit la main droite aussi loin que possible en direction de l'escalier, comme si l'attendait là-bas une délivrance proprement surnaturelle.

Gregor se rendit compte qu'il ne fallait à aucun prix laisser partir le fondé de pouvoir dans de telles dispositions, s'il ne voulait pas que sa position dans la firme fût extrêmement compromise. Ses parents ne comprenaient pas tout cela aussi bien ; tout au long des années, ils s'étaient forgé la conviction que, dans cette firme, l'avenir de Gregor était à jamais assuré, et du reste ils étaient à ce point absorbés par leurs soucis du moment qu'ils avaient perdu toute capacité de regarder vers le futur. Gregor, lui, regardait vers le futur. Il fallait retenir le fondé de pouvoir, l'apaiser, le convaincre, et finalement le gagner à sa cause ; car enfin, l'avenir de Gregor et de sa famille en dépendait ! Si seulement sa sœur avait été là ! Elle au moins était perspicace ; elle avait pleuré tandis que Gregor était encore tranquillement couché sur le dos. Et le fondé de pouvoir, cet homme à femmes, se serait sûrement laissé manœuvrer par elle ; elle aurait refermé la porte de l'appartement et, dans l'antichambre, elle l'aurait fait revenir de sa frayeur. Mais sa sœur n'était justement pas là, il fallait que Gregor agisse lui-même. Et sans songer qu'il ignorait tout de ses actuelles capacités de déplacement, sans songer non plus qu'éventuellement, et même probablement, son discours une fois de plus n'avait pas été compris, il s'écarta du battant de la porte ; se propulsa par l'ouverture ; voulut s'avancer vers le fondé de pouvoir, qui déjà sur le palier se cramponnait ridiculement des deux mains à la rampe ; mais aussitôt, cherchant à quoi se tenir, il retomba avec un petit cri sur toutes ses petites pattes. Dès que ce fut fait, il ressentit pour la première fois de la matinée une sensation de bien-être ; les petites pattes reposaient fermement sur le sol ; elles obéissaient parfaitement, comme il le nota avec plaisir ; elles ne demandaient même qu'à le porter où il voudrait ; et il avait déjà l'impression que la guérison définitive de ses maux était imminente. Mais à l'instant même où, réprimant en oscillant son envie de se déplacer, il se trouvait ainsi étendu sur le sol non loin de sa mère et face à elle, voici que tout d'un coup, alors qu'elle paraissait complètement prostrée, elle bondit sur ses pieds, bras tendus et doigts écartés, criant « au secours, au nom du ciel, au secours ! » penchant la tête comme pour mieux voir Gregor, mais en même temps, au contraire, reculant absurdement à toute allure, oubliant qu'elle avait derrière elle la table dressée et, une fois contre elle, s'y asseyant à la hâte comme par distraction, et ne semblant pas remarquer qu'à côté d'elle la grande cafetière renversée inondait le tapis d'un flot de café.

« Maman, maman », dit doucement Gregor en la regardant d'en bas. Le fondé de pouvoir lui était sorti de l'esprit pour un instant ; en revanche, à la vue du café qui coulait, il ne put empêcher ses mâchoires de happer dans le vide à plusieurs reprises. Ce qui derechef fit pousser les hauts cris à sa mère, qui s'enfuit de la table et alla tomber dans les bras du père qui se précipitait vers elle. Mais Gregor n'avait plus le temps de s'occuper de ses parents ; le fondé de pouvoir était déjà dans l'escalier ; le menton sur la rampe, il jetait un dernier regard derrière lui. Gregor prit son élan pour être bien sûr de le rattraper, le fondé de pouvoir dut se douter de quelque chose, car d'un bond il descendit plusieurs marches et disparut ; mais on l'entendit encore pousser un « ouh ! » qui retentit dans toute la cage d'escalier. Malheureusement, cette fuite du fondé de pouvoir parut mettre le père, resté jusque-là relativement maître de lui, dans un état de totale confusion car, au lieu de courir lui-même derrière le fondé de pouvoir, ou du moins de ne pas empêcher Gregor de le faire, il empoigna de la main droite la canne que le fuyard avait abandonnée sur une chaise avec son chapeau et son pardessus, attrapa de la main gauche un grand journal qui était posé sur la table, et entreprit, en tapant des pieds, et en brandissant canne et journal, de chasser Gregor et de le faire rentrer dans sa chambre. Les prières de Gregor n'y changèrent rien, ces prières restèrent d'ailleurs incomprises, si humblement qu'il inclinât la tête, son père n'en tapait du pied que plus fort. À l'autre bout de la pièce, sa mère avait ouvert toute grande une fenêtre en dépit du temps froid et s'y penchait dangereusement en se cachant le visage dans les mains. Depuis la rue et l'escalier, il se créa un fort courant d'air, les rideaux volèrent, sur la table les journaux se froissèrent et s'effeuillèrent sur le sol. Son père repoussait Gregor implacablement, en émettant des sifflements de sauvage. Seulement Gregor n'avait encore aucun entraînement pour marcher à reculons, cela allait vraiment très lentement. Si seulement il avait eu la permission de se retourner, il aurait tout de suite été dans sa chambre, mais il craignait d'impatienter son père en perdant du temps à se retourner, et d'un instant à l'autre la canne, dans la main paternelle, le menaçait d'un coup meurtrier sur le dos ou sur la tête. Mais finalement Gregor n'eut tout de même pas le choix, car il s'aperçut avec effroi qu'en marche arrière il ne savait même pas garder sa direction ; il se mit donc, sans cesser de jeter par côté à son père des regards angoissés, à se retourner aussi promptement que possible, mais en réalité fort lentement. Peut-être son père remarqua-t-il sa bonne volonté, car il s'abstint de le déranger dans sa rotation, qu'il guida au contraire de temps à autre de loin avec le bout de sa canne. Si seulement son père n'avait pas produit ces insupportables sifflements ! Gregor en perdait complètement la tête. Il s'était déjà presque entièrement retourné quand, guettant toujours ces sifflements, il se trompa et fit plus que le demi-tour. Mais lorsque, enfin, il eut bien la tête en face de la porte ouverte, il apparut que son corps était trop large pour passer comme ça. Son père, dans les dispositions où il se trouvait, était naturellement à cent lieues de songer par exemple à ouvrir le second battant pour que Gregor eût la place de passer. Il n'avait qu'une idée fixe, c'était que Gregor devait rentrer dans sa chambre aussi vite que possible. Jamais il ne l'aurait laissé exécuter les préparatifs compliqués qui auraient été nécessaires à Gregor pour se remettre debout et tenter de franchir ainsi la porte. Au contraire, comme s'il n'y avait pas eu d'obstacle, il pressait Gregor en faisant à présent particulièrement de bruit ; déjà, ce que Gregor entendait retentir derrière lui n'était plus seulement la voix d'un seul père ; maintenant, il n'était vraiment plus question de plaisanter et Gregor – advienne que pourra – passa la porte en forçant. Son corps se releva d'un côté, il se trouva de biais dans l'ouverture de la porte, le flanc tout écorché, le blanc de la porte était maculé de vilaines taches, bientôt il fut coincé, et tout seul il n'aurait plus pu bouger, ses petites pattes de l'autre côté étaient suspendues en l'air toutes tremblantes, de ce côté-ci elles étaient douloureusement écrasées sur le sol... c'est alors que son père lui administra par-derrière un coup violent et véritablement libérateur, qui le fit voler jusqu'au milieu de sa chambre, saignant abondamment. Ensuite, la porte fut encore claquée d'un coup de canne, puis ce fut enfin le silence.

2

C'est au crépuscule seulement que Gregor se réveilla, après un sommeil lourd et comateux. Même s'il n'avait pas été dérangé, il ne se serait sûrement pas éveillé beaucoup plus tard, car il eut le sentiment de s'être assez reposé et d'avoir dormi son soûl ; mais il eut l'impression d'avoir été réveillé par un pas furtif et par le bruit discret que faisait en se refermant la porte donnant sur l'antichambre. La lueur des lampadaires électriques de la rue posait des taches pâles au plafond et sur le haut des meubles, mais en bas, autour de Gregor, il faisait sombre. Tâtonnant encore lentement avec ses antennes, qu'il commençait seulement à apprécier, il se propulsa avec lenteur vers la porte, pour voir ce qui s'y était passé. Son côté gauche paraissait n'être qu'une longue cicatrice, qui tiraillait désagréablement, et, sur ses deux rangées de pattes, il boitait bel et bien. Du reste, au cours des événements de la matinée, une petite patte avait subi une blessure grave – c'était presque un miracle qu'elle fût la seule – et elle traînait derrière lui comme un poids mort.

C'est seulement une fois arrivé près de la porte qu'il se rendit compte de ce qui l'avait attiré ; c'était l'odeur de quelque chose de comestible. Car il y avait là une écuelle de lait sucré, où l'on avait coupé des morceaux de pain blanc. Pour un peu, il aurait ri de joie, car il avait encore plus faim que le matin, et il plongea aussitôt la tête dans ce lait, jusqu'aux yeux ou presque. Mais il l'en retira bientôt avec déception ; non seulement il avait de la peine à manger, avec son flanc gauche meurtri – il ne pouvait manger qu'à condition que son corps entier y travaillât en haletant –, mais de surcroît le lait, qui était naguère sa boisson favorite, et c'était sûrement pour cela que sa sœur lui en avait apporté, ne lui disait plus rien, et ce fut même presque avec répugnance qu'il se détourna de l'écuelle et regagna en se traînant le centre de la chambre.

Dans la salle de séjour, Gregor vit par la fente de la porte que l'éclairage au gaz était allumé, mais alors que d'habitude c'était l'heure où son père lisait d'une voix forte à sa mère, et parfois aussi à sa sœur, le journal paraissant l'après-midi, on n'entendait cette fois pas le moindre son. Or, peut-être que cette lecture, dont sa sœur lui parlait toujours, y compris dans ses lettres, ne se pratiquait plus du tout ces derniers temps. Mais, même aux alentours, il régnait un grand silence, bien que cependant l'appartement « ne fût pas du tout désert. « Tout de même », se dit Gregor, « quelle vie tranquille menait ma famille », et tout en regardant droit devant lui dans le noir il éprouvait une grande fierté d'avoir pu procurer à ses parents et à sa sœur une vie pareille dans un appartement aussi beau. Mais qu'allait-il se passer, si maintenant toute cette tranquillité, cette aisance, cette satisfaction s'achevaient en catastrophe ? Pour ne pas s'égarer dans des idées de ce genre, Gregor préféra se mettre en mouvement et, toujours rampant, parcourir sa chambre en tous sens.

À un certain moment, au cours de cette longue soirée, on entrouvrit un peu l'une des portes latérales, et puis l'autre, mais on les referma prestement ; sans doute quelqu'un avait-il éprouvé le besoin d'entrer, mais les scrupules l'avaient emporté. Gregor s'immobilisa dès lors près de la porte donnant sur l'antichambre, bien résolu à faire entrer d'une façon ou d'une autre ce visiteur hésitant, ou à savoir qui il était ; mais la porte ne s'ouvrit plus, et Gregor attendit en vain. Au début de la journée, quand toutes les portes étaient fermées à clé, tout le monde voulait entrer, et maintenant qu'il en avait ouvert une et que les autres avaient manifestement été ouvertes au cours de la journée, plus personne ne venait, et d'ailleurs les clés étaient dans les serrures, mais de l'autre côté.

C'est seulement tard dans la nuit qu'on éteignit la lumière dans la salle de séjour, et il fut alors facile de constater que ses parents et sa sœur étaient restés éveillés jusque-là, car on les entendit nettement s'éloigner tous les trois sur la pointe des pieds. À présent, jusqu'au matin, personne ne viendrait sûrement plus voir Gregor ; il disposait donc d'un long laps de temps pour réfléchir en paix à la façon dont il allait désormais réorganiser sa vie. Mais la hauteur si dégagée de cette chambre où il était contraint de rester couché à plat lui fit peur, sans qu'il pût découvrir pourquoi – car enfin c'était la chambre où il logeait depuis cinq ans –, et, d'un mouvement à demi conscient, et non sans une légère honte, il se précipita sous le canapé, où, quoique son dos y fût un peu écrasé et qu'il ne pût plus lever la tête, il se sentit aussitôt très à son aise, regrettant seulement que son corps fût trop large pour trouver entièrement place sous le canapé.

Il y resta la nuit entière, qu'il passa en partie dans un demi-sommeil d'où la faim le tirait régulièrement, et en partie à agiter des soucis et des espoirs vagues, mais qui l'amenaient tous à conclure qu'il lui fallait provisoirement se tenir tranquille et, par sa patience et son extrême sollicitude, rendre supportables à sa famille les désagréments qu'il se voyait décidément contraint de lui faire subir dans son état actuel.

Dès le petit matin, c'était encore presque la nuit, Gregor eut l'occasion de vérifier la vigueur des résolutions qu'il venait de prendre, car sa sœur, presque entièrement habillée, ouvrit la porte de l'antichambre et regarda dans la chambre avec curiosité. Elle ne le découvrit pas tout de suite, mais quand elle l'aperçut sous le canapé – que diable, il fallait bien qu'il fût quelque part, il n'avait tout de même pas pu s'envoler –, elle en eut une telle frayeur que, sans pouvoir se contrôler, elle referma la porte de l'extérieur en la claquant à toute volée. Mais, comme si elle regrettait de s'être conduite ainsi, elle ouvrit de nouveau la porte aussitôt et entra sur la pointe des pieds, comme chez un grand malade, voire chez un inconnu. Gregor avait avancé la tête jusqu'au ras du canapé et l'observait. Allait-elle remarquer qu'il n'avait pas touché au lait, et que ce n'était pas faute d'appétit, et lui apporterait-elle un autre aliment qui lui conviendrait mieux ? Si elle ne le faisait pas d'elle-même, il aimerait mieux mourir de faim que de le lui signaler, bien qu'en fait il eût terriblement envie de jaillir de sous le canapé, de se jeter aux pieds de sa sœur et de lui demander quelque chose de bon à manger. Mais sa sœur remarqua tout de suite avec stupeur l'écuelle encore pleine, à part les quelques éclaboussures de lait qu'on voyait autour, et elle la ramassa aussitôt, à vrai dire non pas à mains nues, mais avec un chiffon, et l'emporta. Gregor était extrêmement curieux de voir ce qu'elle allait rapporter à la place, et il fit là-dessus les hypothèses les plus diverses. Jamais pourtant il n'aurait pu deviner ce que sa sœur fit, dans sa bonté. Elle lui rapporta, pour tester ses goûts, tout un choix, étalé sur un vieux journal. Il y avait là des restes de légumes à moitié avariés ; des os du dîner de la veille, entourés de sauce blanche solidifiée ; quelques raisins secs, quelques amandes ; un fromage que Gregor eût déclaré immangeable deux jours plus tôt ; une tranche de pain sec, une autre tartinée de beurre, une troisième beurrée et salée. De plus, elle joignit encore à tout cela l'écuelle, vraisemblablement destinée à Gregor une fois pour toutes, et où elle avait mis de l'eau. Et, par délicatesse, sachant que Gregor ne mangerait pas devant elle, elle repartit très vite et donna même un tour de clé, afin que Gregor notât bien qu'il pouvait se sentir tout à fait à son aise. Gregor sentit ses petites pattes s'agiter frénétiquement, en s'avançant vers la nourriture. D'ailleurs, ses blessures devaient être déjà complètement guéries, il ne ressentait plus aucune gêne, il s'en étonna et songea que, plus d'un mois auparavant, il s'était fait une toute petite coupure au doigt avec un couteau et qu'avant-hier encore la plaie lui faisait toujours passablement mal. « Est-ce que cela voudrait dire que j'ai maintenant une sensibilité moindre ? » pensa-t-il en suçotant avidement le fromage, qui l'avait aussitôt et fortement attiré, plutôt que tout autre mets. À la file et les yeux larmoyants de satisfaction, il consomma le fromage, les légumes et la sauce ; les denrées fraîches, en revanche, ne lui disaient rien, il ne pouvait pas même supporter leur odeur, il traîna même un peu à l'écart les choses qu'il voulait manger. Il avait fini depuis longtemps et restait juste là, paresseusement étendu au même endroit, quand sa sœur, pour lui signifier d'avoir à se retirer, tourna lentement la clé. Il sursauta de frayeur, quoique déjà il sommeillât presque, et se hâta de retourner sous le canapé. Mais y rester lui coûta un gros effort d'abnégation, même pendant le peu de temps que sa sœur resta dans la chambre, car ce copieux repas lui avait donné un peu de rondeur et il était tellement à l'étroit là-dessous qu'il pouvait à peine respirer. Suffoquant par instants, il vit, les yeux quelque peu exorbités, que sa sœur, sans se douter de rien, ramassait avec un balai non seulement les reliefs du repas, mais même ce que Gregor n'avait pas touché, comme si cela aussi était désormais inutilisable, versant tout à la hâte dans un seau qu'elle coiffa d'un couvercle en bois, sur quoi elle emporta le tout. À peine s'était-elle retournée que Gregor s'empressa de s'extraire de sous le canapé pour s'étirer et se dilater à nouveau.

C'est ainsi désormais que Gregor fut alimenté chaque jour, une fois le matin quand les parents et la bonne dormaient encore, et une seconde fois quand tous les autres avaient pris leur repas de midi, car alors aussi les parents dormaient un moment, et la bonne était expédiée par la sœur pour faire quelque course. Sans doute ne voulaient-ils pas non plus que Gregor mourût de faim, mais peut-être n'auraient-ils pas supporté d'être au courant de ses repas autrement que par ouï-dire, peut-être aussi que la sœur entendait leur épargner un chagrin, fût-il petit, car de fait ils souffraient suffisamment ainsi.

Quels prétextes l'on avait trouvés, le premier matin, pour se débarrasser du médecin et du serrurier, Gregor ne put l'apprendre ; car, comme on ne le comprenait pas, personne ne songeait, même sa sœur, qu'il pût comprendre les autres, et, lorsqu'elle était dans sa chambre, il devait se contenter de l'entendre çà et là soupirer et invoquer les saints. C'est seulement plus tard, quand elle se fut un peu habituée à tout cela – jamais, naturellement, il ne fut question qu'elle s'y habituât complètement –, que Gregor put parfois saisir au vol une remarque qui partait d'un bon sentiment ou pouvait être ainsi interprétée. « Aujourd'hui, il a trouvé ça bon », disait-elle quand Gregor avait fait de sérieux dégâts dans la nourriture, tandis que dans le cas inverse, qui peu à peu se présenta de plus en plus fréquemment, elle disait d'un ton presque triste : « Voilà encore que tout est resté. »

Mais s'il ne pouvait apprendre aucune nouvelle directement, en revanche Gregor épiait beaucoup de choses dans les pièces attenantes, et il suffisait qu'il entende des voix pour qu'aussitôt il coure jusqu'à la porte correspondante et s'y colle de tout son corps. Les premiers temps surtout, il n'y eut pas une seule conversation qui ne portât sur lui, fût-ce à mots couverts. Deux jours durant, tous les repas donnèrent lieu à des conciliabules sur la façon dont il convenait désormais de se comporter ; mais même entre les repas on parlait du même sujet, car il y avait toujours deux membres de la famille à la maison, étant donné sans doute que personne ne voulait y rester seul, mais qu'en aucun cas on ne voulait qu'il n'y eût personne. En outre, dès le premier jour, la bonne – sans qu'on sût clairement si elle avait eu vent de l'événement et jusqu'à quel point – avait supplié à genoux la mère de Gregor de lui donner immédiatement son congé, et quand elle fit ses adieux un quart d'heure plus tard, c'est en pleurant qu'elle se confondit en remerciements, comme si ce congé avait été la plus grande bonté qu'on avait eue pour elle dans cette maison ; et, sans qu'on lui eût rien demandé, elle jura ses grands dieux qu'elle ne dirait rien à personne, rien de rien.

Dès lors, ce fut la sœur, avec sa mère, qui dut faire aussi la cuisine ; il est vrai que ce n'était pas un gros travail, car on ne mangeait presque rien. Gregor les entendait s'encourager en vain les uns les autres à manger, sans obtenir d'autre réponse que « merci, ça suffit » ou quelque chose dans ce genre. Peut-être ne buvait-on pas non plus. Souvent la sœur demandait au père s'il voulait de la bière, et elle s'offrait gentiment à aller en chercher et, quand le père ne répondait pas, elle déclarait pour lui ôter tout scrupule qu'elle pouvait aussi y envoyer la concierge, mais le père disait finalement un grand « non », et l'on n'en parlait plus.

Dès le premier jour, le père avait exposé en détail, tant à la mère qu'à la sœur, quelle était la situation financière de la famille et ses perspectives en la matière. Se levant parfois de table, il allait jusqu'au petit coffre-fort qu'il avait sauvé cinq ans auparavant du naufrage de son entreprise, pour en rapporter telle quittance ou tel agenda. On entendait le bruit de la serrure compliquée qui s'ouvrait et, une fois retiré le document en question, se refermait. Ces explications paternelles étaient, pour une part, la première bonne nouvelle qui parvenait à Gregor depuis sa captivité. Il avait cru qu'il n'était rien resté à son père de cette entreprise, du moins son père ne lui avait-il pas dit le contraire, et Gregor ne l'avait d'ailleurs pas interrogé là-dessus. À l'époque, l'unique souci de Gregor avait été de tout mettre en œuvre pour que sa famille oublie le plus rapidement possible la catastrophe commerciale qui les avait tous plongés dans un complet désespoir. Il s'était alors mis à travailler avec une ardeur toute particulière et, de petit commis qu'il était, presque du jour au lendemain il était devenu représentant, ce qui offrait naturellement de tout autres possibilités de gains, les succès remportés se traduisant aussitôt, sous forme de provision, en argent liquide qu'on pouvait rapporter à la maison et poser sur la table sous les yeux de la famille étonnée et ravie. C'était le bon temps, mais jamais cette première période ne se retrouva par la suite, du moins avec le même éclat, quoique Gregor se mît à gagner de quoi subvenir aux besoins de toute la famille, ce qu'il faisait effectivement. On s'était tout bonnement habitué à cela, aussi bien la famille que Gregor lui-même, on acceptait cet argent avec reconnaissance, Gregor le fournissait de bon cœur, mais les choses n'avaient plus rien de chaleureux. Seule la sœur de Gregor était tout de même restée proche de lui, et il caressait un projet secret à son égard : elle qui, contrairement à lui, aimait beaucoup la musique et jouait du violon de façon émouvante, il voulait l'an prochain, sans se soucier des gros frais que cela entraînerait et qu'on saurait bien couvrir d'une autre matière, l'envoyer au conservatoire. Souvent, lors des brefs séjours que Gregor faisait dans la ville, ce conservatoire était évoqué dans ses conversations avec sa sœur, mais toujours comme un beau rêve dont la réalisation était impensable, et les parents n'entendaient même pas ces évocations innocentes d'une très bonne oreille ; mais Gregor pensait très sérieusement à cette affaire et avait l'intention de l'annoncer solennellement le soir de Noël.

Telles étaient les pensées, bien vaines dans l'état où il était, qui lui passaient par la tête tandis qu'il était là debout à épier, collé à la porte. Parfois il était pris d'une fatigue si générale qu'il n'était plus capable d'écouter et que sa tête allait heurter doucement la porte, mais aussitôt il la retenait, car le petit bruit ainsi provoqué avait été entendu à côté et les avait tous fait taire. « Savoir ce qu'il fabrique encore », disait son père au bout d'un moment, en se tournant manifestement vers la porte, et ce n'est qu'ensuite que la conversation interrompue reprenait peu a peu.

Gregor apprit alors tout à loisir – car son père, dans ses explications, se répétait fréquemment, en partie parce que lui-même ne s'était pas occupé de ces choses depuis longtemps, et en partie aussi parce que la mère de Gregor ne comprenait pas tout du premier coup – qu'en dépit de la catastrophe il restait encore, datant de la période précédente, un capital, à vrai dire très modeste, qu'avaient quelque peu arrondi entre-temps les intérêts, auxquels on n'avait pas touché. Mais, en outre, l'argent que Gregor rapportait tous les mois à la maison – lui-même ne gardant à son usage que quelques écus – n'avait pas été entièrement dépensé et il avait constitué un petit capital. Gregor, derrière sa porte, hochait la tête avec enthousiasme, ravi de cette manifestation inattendue de prudence et d'économie. De fait, ce surplus d'argent lui aurait permis d'éponger la dette que son père avait envers son patron, rapprochant d'autant le jour où il aurait pu rayer cette ligne de son budget, mais à présent il valait sûrement mieux que son père eût pris d'autres dispositions.

Seulement, cet argent était bien loin de suffire à faire vivre la famille des seuls intérêts ; cela suffirait peut-être à la faire vivre un an, deux ans tout au plus, mais c'était tout. Donc c'était juste une somme à laquelle on n'avait pas le droit de toucher et qu'il fallait mettre de côté en cas de besoin ; et il fallait gagner de quoi vivre. Or le père était en bonne santé, mais c'était un vieil homme, qui n'avait plus travaillé depuis déjà cinq ans et qui ne devait en tout cas pas présumer de ses forces ; pendant ces cinq années, qui étaient les premières vacances de sa vie pénible et pourtant infructueuse, il avait beaucoup engraissé et était du coup devenu passablement lent. Et est-ce que sa vieille mère, peut-être, allait maintenant devoir gagner de l'argent, elle qui avait de l'asthme, elle pour qui la traversée de l'appartement était déjà un effort et qui passait un jour sur deux à suffoquer sur le sofa près de la fenêtre ouverte ? Et est-ce que sa sœur allait devoir gagner de l'argent, elle qui était encore une enfant, avec ses dix-sept ans, elle qu'on n'avait pas la moindre envie d'arracher à la vie qu'elle avait menée jusque-là, consistant à s'habiller joliment, à dormir longtemps, à aider aux travaux du ménage, à participer à quelques modestes distractions et surtout à jouer du violon ? Quand la conversation venait sur la nécessité de gagner de l'argent, Gregor commençait toujours par lâcher la porte et par se jeter sur le sofa qui se trouvait à proximité et dont le cuir était frais, car il était tout brûlant de honte et de chagrin.

Souvent il restait là couché de longues nuits durant, sans dormir un instant, grattant le cuir pendant des heures. Ou bien il ne reculait pas devant l'effort considérable que lui coûtait le déplacement d'une chaise jusqu'à la fenêtre, puis l'escalade de son rebord où il restait appuyé, calé sur la chaise, manifestement juste pour se remémorer le sentiment de liberté qu'il éprouvait naguère à regarder par la fenêtre. Car en fait, de jour en jour, il voyait de plus en plus flou, même les choses peu éloignées ; il n'apercevait plus du tout l'hôpital d'en face, dont la vue par trop fréquente le faisait jadis pester, et s'il n'avait pas su habiter dans la rue calme, mais complètement citadine, qu'était la Charlottenstrasse, il aurait pu croire que sa fenêtre donnait sur un désert où le ciel gris et la terre grise se rejoignaient jusqu'à se confondre. Il suffit que sa sœur eût observé deux fois que la chaise était devant la fenêtre pour que désormais, chaque fois qu'elle avait fait le ménage, elle la remît soigneusement à cette place, laissant même dorénavant ouvert le panneau intérieur de la fenêtre.

Si seulement Gregor avait pu parler à sa sœur et la remercier de tout ce qu'elle était obligée de faire pour lui, il aurait plus aisément supporté les services qu'elle lui rendait ; mais, dans ces conditions, il en souffrait. Certes, sa sœur s'efforçait d'atténuer autant que possible ce que tout cela avait d'extrêmement gênant et, naturellement, plus le temps passait, mieux elle y réussissait ; mais Gregor aussi voyait de plus en plus clairement son manège. Pour lui, déjà l'entrée de sa sœur était terrible. À peine était-elle dans la chambre que, sans prendre le temps de refermer la porte, si soucieuse qu'elle fût par ailleurs d'épargner à tout autre le spectacle qu'offrait la pièce de Gregor, elle courait jusqu'à la fenêtre et, comme si elle allait étouffer, l'ouvrait tout grand avec des mains fébriles ; et puis, si froid qu'il fît dehors, elle restait un petit moment à la fenêtre en respirant à fond. Par cette course et ce vacarme, elle effrayait Gregor deux fois par jour ; il passait tout ce moment à trembler sous le canapé, tout en sachant fort bien qu'elle lui aurait certainement épargné cela volontiers, si seulement elle s'était sentie capable de rester avec la fenêtre fermée dans une pièce où il se trouvait. Un jour – il devait bien s'être écoulé un mois déjà depuis la métamorphose de Gregor, et sa sœur, tout de même, n'avait plus lieu d'être frappée d'étonnement à sa vue –, elle entra un peu plus tôt que d'habitude et le trouva encore en train de regarder par la fenêtre, immobile et effectivement effrayant, dressé comme il l'était. Gregor n'eût point été surpris qu'elle n'entrât pas, puisque, placé comme il l'était, il l'empêchait d'ouvrir tout de suite la fenêtre ; mais, non contente de ne pas entrer, elle fit un bond en arrière et referma la porte ; quelqu'un d'étranger à l'affaire aurait pu penser que Gregor avait guetté sa sœur et avait voulu la mordre. Naturellement, il alla aussitôt se cacher sous le canapé, mais il dut attendre jusqu'à midi pour que sa sœur revienne, et elle lui parut beaucoup plus inquiète que d'habitude. Il comprit donc que sa vue lui était toujours insupportable et qu'elle ne pourrait que lui rester insupportable, et que sûrement il lui fallait faire un gros effort sur elle-même pour ne pas prendre la fuite au spectacle de la moindre partie de son corps dépassant du canapé. Afin de lui épargner même cela, il entreprit un jour – il lui fallut quatre heures de travail – de transporter sur son dos jusqu'au canapé le drap de son lit et de l'y disposer de façon à être désormais complètement dissimulé, au point que sa sœur, même en se penchant, ne pût pas le voir. Si elle avait estimé que ce drap n'était pas nécessaire, elle aurait pu l'enlever, car enfin il était suffisamment clair que ce n'était pas pour son plaisir que Gregor se claquemurait ainsi ; mais elle laissa le drap en place et Gregor crut même surprendre un regard de gratitude, tandis qu'un jour il soulevait prudemment un peu le drap avec sa tête pour voir comment sa sœur prenait ce changement d'installation.

Pendant les quinze premiers jours, les parents ne purent se résoudre à entrer chez Gregor, et il les entendit souvent complimenter sa sœur du travail qu'elle faisait à présent, tandis que jusque-là ils lui manifestaient souvent leur irritation parce qu'à leurs yeux elle n'était pas bonne à grand-chose. Mais maintenant ils attendaient souvent tous les deux, le père et la mère, devant la chambre de Gregor, pendant que sa sœur y faisait le ménage et, dès qu'elle en sortait, il fallait qu'elle raconte avec précision dans quel état se trouvait la pièce, ce que Gregor avait mangé, de quelle façon il s'était comporté cette fois, et si peut-être on notait une légère amélioration. Au reste, la mère de Gregor voulut relativement vite venir le voir, mais le père et la sœur la retinrent, en usant tout d'abord d'arguments rationnels, que Gregor écouta fort attentivement et approuva sans réserve. Mais par la suite on dut la retenir de force et, quand il l'entendit crier « Mais laissez-moi donc voir Gregor, c'est mon fils, le malheureux ! Vous ne comprenez donc pas qu'il faut que je le voie ? » Gregor pensa alors que peut-être ce serait tout de même une bonne chose que sa mère vienne le voir, pas tous les jours, naturellement, mais peut-être une fois par semaine ; car enfin elle comprenait tout beaucoup mieux que sa sœur, qui en dépit de tout son courage n'était après tout qu'une enfant et qui finalement ne s'était peut-être chargée d'une aussi rude tâche que par une irréflexion d'enfant.

Le désir qu'avait Gregor de voir sa mère n'allait pas tarder à être satisfait. Pendant la journée, il ne voulait pas se montrer à la fenêtre, ne fût-ce que par égard pour ses parents, mais il ne pouvait pas non plus se traîner bien longtemps sur ces quelques mètres carrés de plancher, la nourriture ne lui procura bientôt plus le moindre plaisir, aussi prit-il l'habitude, pour se distraire, d'évoluer en tous sens sur les murs et le plafond. Il aimait particulièrement rester suspendu au plafond ; c'était tout autre chose que d'être allongé sur le sol ; une oscillation légère parcourait le corps ; et dans l'état de distraction presque heureuse où il se trouvait là-haut, il pouvait arriver que Gregor, à sa grande surprise, se lâche et atterrisse en claquant sur le plancher. Mais à présent il était naturellement bien plus maître de son corps qu'auparavant et, même en tombant de si haut, il ne se faisait pas de mal. Or, sa sœur remarqua sans tarder le nouveau divertissement que Gregor s'était trouvé – d'ailleurs sa reptation laissait çà et là des traces de colle – et elle se mit en tête de faciliter largement ces évolutions et d'enlever les meubles qui les gênaient, donc surtout la commode et le bureau. Seulement elle ne pouvait pas faire cela toute seule ; son père, elle n'osait pas lui demander de l'aider ; la petite bonne aurait certainement refusé, car cette enfant de seize ans tenait bravement le coup depuis le départ de l'ancienne cuisinière, mais elle avait demandé comme une faveur de pouvoir tenir la porte de la cuisine constamment fermée a clé et de n'avoir à ouvrir que sur appel spécial ; il ne restait donc plus à la sœur qu'à aller chercher la mère, un jour que le père était sorti. La mère de Gregor arriva d'ailleurs en poussant des cris d'excitation joyeuse, mais devant la porte de la chambre elle se tut. La sœur commença naturellement par vérifier que tout fût bien en place dans la pièce, et c'est seulement ensuite qu'elle laissa entrer sa mère. Gregor, en toute hâte, avait tiré son drap encore plus bas et en lui faisant faire plus de plis, l'ensemble avait vraiment l'air d'un drap jeté par hasard sur le canapé. Aussi bien Gregor s'abstint-il cette fois d'espionner sous son drap ; il renonça à voir sa mère dès cette première fois, trop content qu'elle eût fini par venir. « Viens, on ne le voit pas », disait la sœur, et manifestement elle tenait sa mère par la main. Gregor entendit alors ces deux faibles femmes déplacer la vieille commode, malgré tout assez lourde, et sa sœur réclamer constamment que sa mère lui laissât le plus gros du travail, ignorant les mises en garde maternelles sur le risque qu'elle courait de se fatiguer à l'excès. Cela dura très longtemps. Après un bon quart d'heure d'efforts, la mère déclara qu'il valait mieux laisser la commode là, car d'abord elle était trop lourde et elles n'en viendraient pas à bout avant le retour du père, barrant alors tous les chemins à Gregor en la laissant en plein milieu, et ensuite il n'était pas si sûr qu'on fît plaisir à Gregor en enlevant ces meubles. Elle avait plutôt l'impression inverse ; elle avait le cœur tout serré en voyant ce mur vide ; et pourquoi Gregor n'aurait-il pas le même sentiment, puisqu'il était habitué de longue date aux meubles de cette chambre et que par conséquent il se sentirait perdu quand elle serait vide. « Et d'ailleurs », conclut-elle tout bas, chuchotant plus que jamais, comme pour éviter que Gregor, dont elle ne savait pas où il se trouvait précisément, n'entendît même le son de sa voix, car pour les mots, elle était convaincue qu'il ne les comprenait pas, « et d'ailleurs, en enlevant ces meubles, est-ce que nous ne sommes pas en train de montrer que nous abandonnons tout espoir qu'il aille mieux, et de le laisser cruellement seul avec lui-même ? Je crois que le mieux serait d'essayer de maintenir sa chambre dans l'état exact où elle était, afin que Gregor, lorsqu'il reviendra parmi nous, trouve tout inchangé, et qu'il en oublie d'autant plus facilement cette période. »

En écoutant ces paroles de sa mère, Gregor se rendit compte que le manque de toute conversation humaine directe, allié à cette vie monotone au sein de sa famille, lui avait sûrement troublé l'esprit tout au long de ces deux mois ; car comment s'expliquer autrement qu'il ait pu souhaiter sérieusement de voir sa chambre vidée ? Avait-il réellement envie que cette pièce douillette, agréablement installée avec des meubles de famille, se métamorphosât en un antre où il pourrait certes évoluer à sa guise en tous sens, mais où en même temps il ne pourrait qu'oublier rapidement, totalement, son passé d'être humain ? Car enfin il était déjà à deux doigts de l'oubli, et il avait fallu la voix de sa mère, qu'il n'avait pas entendue depuis longtemps, pour le secouer. Il ne fallait rien enlever ; tout devait rester ; les effets bénéfiques de ces meubles sur son état lui étaient indispensables ; et si les meubles l'empêchaient de se livrer à ces évolutions ineptes, ce ne serait pas un mal, ce serait au contraire une bonne chose.

Mais sa sœur était malheureusement d'un avis différent ; elle avait pris l'habitude, non sans raison à vrai dire, de se poser en expert face à ses parents lorsqu'il s'agissait des affaires de Gregor, et cette fois encore le conseil donné par sa mère suffit pour qu'elle s'obstinât à vouloir enlever non seulement les meubles auxquels elle avait d'abord pensé, la commode et le bureau, mais bien tous les meubles, à l'exception de l'indispensable canapé. Naturellement, cette exigence n'était pas inspirée que par un mouvement enfantin de défi, ni par l'assurance qu'elle avait acquise ces derniers temps de façon aussi laborieuse qu'inopinée ; de fait, elle avait aussi observé que Gregor avait besoin de beaucoup d'espace pour évoluer, mais qu'en revanche, pour ce qu'on voyait, il n'utilisait pas du tout les meubles. Mais peut-être que jouait aussi l'esprit exalté des jeunes filles de son âge : il cherche à se satisfaire en toute occasion et, en l'occurrence, il inspirait à Grete le désir de rendre encore plus effrayante la situation de Gregor, afin de pouvoir dès lors en faire plus pour lui qu'auparavant. Car, dans une pièce où Gregor régnerait en maître sur les murs vides, personne d'autre que Grete n'aurait sans doute jamais le courage de pénétrer.

Aussi ne voulut-elle pas démordre de sa décision, malgré sa mère que d'ailleurs cette chambre inquiétait et semblait faire hésiter, et qui bientôt se tut, aidant de son mieux sa fille à emporter la commode. Eh bien, la commode, Gregor pouvait encore s'en passer, à la rigueur ; mais le bureau, déjà, devait rester. Et à peine les deux femmes, se pressant en gémissant contre la commode, eurent-elles quitté la pièce, que Gregor sortit la tête de sous le canapé pour voir comment il pourrait intervenir avec prudence et autant de discrétion que possible. Mais par malheur ce fut justement sa mère qui revint la première, pendant que dans la pièce voisine Grete tenait la commode enlacée, parvenant juste à la faire osciller de-ci, de-là, mais évidemment pas à la faire avancer. Or, la mère de Gregor n'était pas habituée à l'aspect qu'il avait et qui aurait pu la rendre malade, aussi Gregor repartit-il bien vite en marche arrière jusqu'au fond du canapé, mais sans pouvoir empêcher que le drap bouge un peu au premier plan. Cela suffit pour attirer l'attention de sa mère. Elle s'immobilisa, resta figée un instant, puis repartit trouver Grete.

Quoiqu'il se dît sans cesse qu'il ne se passait rien d'extraordinaire, qu'on déplaçait juste quelques meubles, Gregor dut bientôt s'avouer que les allées et venues des deux femmes, leurs petites exclamations, le raclement des meubles sur le sol avaient sur lui l'effet d'un grand chambardement qui l'assaillait de toutes parts ; et bien qu'il rentrât la tête et les pattes, et enfonçât presque son corps dans le sol, il se dit qu'immanquablement il n'allait pas pouvoir supporter tout cela longtemps. Elles étaient en train de vider sa chambre ; elles lui prenaient tout ce qu'il aimait ; déjà la commode contenant la scie à découper et ses autres outils avait été emportée ; elles arrachaient à présent du sol où il était presque enraciné le bureau où il avait fait ses devoirs quand il était à l'école de commerce, quand il était au lycée, et même déjà lorsqu'il était à l'école primaire... Il n'était vraiment plus temps d'apprécier si les deux femmes étaient animées de bonnes intentions, d'ailleurs il avait presque oublié leur existence, car leur épuisement les faisait travailler en silence, et l'on n'entendait plus que le bruit lourd de leurs pas.

Il se jeta donc hors de son repaire – les femmes, dans l'autre pièce, s'étaient accotées un instant au bureau pour reprendre un peu leur souffle –, changea quatre fois de direction, ne sachant vraiment pas que sauver en priorité ; c'est alors que lui sauta aux yeux, accrochée sur le mur par ailleurs nu, l'image de la dame vêtue uniquement de fourrure ; il grimpa prestement jusqu'à elle et se colla contre le verre, qui le retint et fit du bien à son ventre brûlant. Cette image, du moins, que Gregor à présent recouvrait en entier, on pouvait être sûr que personne n'allait la lui enlever. Il tordit la tête vers la porte de l'antichambre, pour observer les femmes à leur retour.

Elles ne s'étaient pas accordé beaucoup de repos et revenaient déjà ; Grete tenait sa mère à bras-le-corps et la portait presque. « Eh bien, qu'emportons-nous maintenant ? » dit-elle en regardant autour d'elle. C'est alors que se croisèrent le regard de Grete et celui de Gregor sur son mur. Sans doute uniquement à cause de la présence de sa mère, elle garda son calme, pencha le visage vers elle pour l'empêcher de regarder, puis dit tout à trac et non sans frémir : « Allez, tu ne préfères pas revenir un instant dans la salle de séjour ? » Pour Gregor, les intentions de sa sœur étaient claires : elle voulait mettre leur mère en sécurité, puis le chasser de son mur. Eh bien, elle pouvait toujours essayer. Il était installé sur son sous-verre et ne le lâcherait pas. Il sauterait plutôt à la figure de sa sœur.

Mais les paroles de Grete avaient bien plutôt inquiété sa mère, qui fit un pas de côté, aperçut la gigantesque tache brune sur le papier peint à fleurs et, avant de prendre vraiment conscience que c'était Gregor qu'elle voyait, cria d'une voix étranglée « Ah, mon Dieu ! Ah, mon Dieu ! », pour s'abattre, bras en croix comme si elle renonçait à tout, sur le canapé, où elle ne bougea plus. « Ah, Gregor ! » s'écria Grete en levant le poing et en jetant à son frère des regards pénétrants. C'étaient, depuis sa métamorphose, les premiers mots qu'elle lui adressait directement. Elle courut chercher quelque flacon de sels dans la pièce voisine, pour faire revenir sa mère de son évanouissement. Gregor voulut aider lui aussi – pour sauver son sous-verre il serait toujours temps –, mais il collait solidement à la vitre et dut s'en arracher en forçant ; il se précipita alors à son tour dans l'autre pièce, comme s'il pouvait donner quelque conseil à sa sœur, comme autrefois ; mais il ne put que rester derrière elle sans rien faire ; fouillant parmi divers flacons, elle eut de nouveau peur lorsqu'elle se retourna ; un flacon tomba par terre et se brisa ; un éclat blessa Gregor à la face, tandis qu'il se retrouvait dans une flaque de quelque médicament corrosif ; sans plus s'attarder, Grete ramassa autant de flacons qu'elle pouvait en tenir et fila rejoindre sa mère, refermant la porte d'un coup de pied. Gregor se trouvait donc coupé de sa mère, qui était peut-être près de mourir par sa faute ; il ne fallait pas ouvrir la porte, s'il ne voulait pas chasser sa sœur, qui devait rester auprès de sa mère ; il n'avait maintenant qu'à attendre ; assailli de remords et de souci, il se mit à ramper, évoluant sur les murs, les meubles et le plafond, pour finalement, désespéré et voyant toute la pièce se mettre à tourner autour de lui, se laisser choir au milieu de la grande table.

Il se passa un petit moment, Gregor gisait là exténué, alentour c'était le silence, peut-être était-ce bon signe. C'est alors qu'on sonna. La petite bonne était naturellement enfermée à clé dans la cuisine, et c'est donc Grete qui dut aller ouvrir. Le père rentrait. « Qu'est-ce qui s'est passé ? » tels furent ses premiers mots ; sans doute avait-il tout compris, rien qu'à voir l'air de Grete. Elle répondit d'une voix assourdie, pressant vraisemblablement son visage contre la poitrine de son père : « Maman s'est trouvée mal, mais ça va déjà mieux. Gregor s'est échappé. – Je m'y attendais, dit le père, je vous l'avais toujours dit ; mais vous autres femmes, vous n'écoutez rien. » Gregor comprit que son père avait mal interprété le compte rendu excessivement bref que lui avait fait Grete, et qu'il supposait que Gregor s'était rendu coupable de quelque acte de violence. Il fallait donc maintenant que Gregor rassure son père ; car, pour lui fournir des explications, il n'en avait ni le temps ni la possibilité. Aussi se réfugia-t-il contre la porte de sa chambre et se pressa contre elle, afin que son père, dès qu'il entrerait dans l'antichambre, pût aussitôt voir que Gregor était animé des meilleures intentions, qu'il voulait tout de suite rentrer dans sa chambre et qu'il n'était pas nécessaire de le chasser, qu'il suffisait d'ouvrir la porte pour qu'il disparût immédiatement.

Mais le père n'était pas d'humeur à discerner ce genre de finesses. « Ah ! » s'écria-t-il dès son entrée, sur un ton qui exprimait à la fois la fureur et la satisfaction. Gregor écarta la tête de la porte et la leva vers son père. Il n'avait vraiment pas imaginé son père tel qu'il le voyait là ; certes, ces derniers temps, à force de se livrer à ses évolutions rampantes d'un genre nouveau, il avait négligé de se préoccuper comme naguère de ce qui se passait dans le reste de l'appartement, et il aurait dû effectivement s'attendre à découvrir des faits nouveaux. Mais tout de même, tout de même, était-ce encore là son père ? Etait-ce le même homme qui, naguère encore, était fatigué et enfoui dans son lit, quand

Gregor partait pour une tournée ; qui, les soirs où Gregor rentrait, l'accueillait en robe de chambre dans son fauteuil ; qui n'était guère capable de se lever et se contentait de tendre les bras en signe de joie, et qui, lors des rares promenades communes que la famille faisait quelques dimanches par an et pour les jours feriés importants, marchant entre Gregor et sa mère qui allaient pourtant déjà lentement, les ralentissait encore un peu plus, emmitouflé dans son vieux manteau, tâtant laborieusement le sol d'une béquille précautionneuse et, quand il voulait dire quelque chose, s'arrêtant presque à chaque fois pour rameuter autour de lui son escorte ? Mais à présent il se tenait tout ce qu'il y a de plus droit ; revêtu d'un uniforme strict, bleu à boutons dorés, comme en portent les employés des banques, il déployait son puissant double menton sur le col haut et raide de sa vareuse ; sous ses sourcils broussailleux, ses yeux noirs lançaient des regards vifs et vigilants ; ses cheveux blancs, naguère en bataille, étaient soigneusement lissés et séparés par une raie impeccable. Sa casquette, ornée d'un monogramme doré, sans doute celui d'une banque, décrivit une courbe à travers toute la pièce pour atterrir sur le canapé ; puis, les mains dans les poches de son pantalon et retroussant ainsi les pans de sa longue vareuse, il marcha vers Gregor avec un air d'irritation contenue. Il ne savait sans doute pas lui-même ce qu'il projetait de faire ; mais toujours est-il qu'il levait les pieds exceptionnellement haut, et Gregor s'étonna de la taille gigantesque qu'avaient les semelles de ses bottes. Mais il ne s'attarda pas là-dessus, sachant bien depuis le premier jour de sa nouvelle vie que son père considérait qu'il convenait d'user à son égard de la plus grande sévérité. Aussi se mit-il à courir devant son père, s'arrêtant quand son père s'immobilisait, et filant à nouveau dès que son père faisait un mouvement. Ils firent ainsi plusieurs fois le tour de la pièce, sans qu'il se passât rien de décisif, et même sans que cela eût l'air d'une poursuite, tant tout cela se déroulait sur un rythme lent. C'est d'ailleurs pourquoi Gregor restait pour le moment sur le plancher, d'autant qu'il craignait, s'il se réfugiait sur les murs ou le plafond, que son père ne voie là de sa part une malice particulière. Encore Gregor était-il obligé de se dire qu'il ne tiendrait pas longtemps, même à ce régime, car pendant que son père faisait un pas, il devait exécuter, lui, quantité de petits mouvements. L'essoufflement commençait déjà à se manifester ; aussi bien n'avait-il pas le poumon bien robuste, même dans sa vie antérieure. Tandis qu'ainsi il titubait, ouvrant à peine les yeux pour mieux concentrer ses énergies sur sa course, et que dans son hébétude il n'avait pas idée de s'en tirer autrement qu'en courant, et qu'il avait déjà presque oublié qu'il disposait des murs – en l'occurrence encombrés de meubles délicatement sculptés, tout en pointes et en créneaux –, voilà que, lancé avec légèreté, quelque chose vint atterrir tout à côté de lui et rouler sous son nez. C'était une pomme ; elle fut aussitôt suivie d'une deuxième ; Gregor se figea, terrifié ; poursuivre la course était vain, car son père avait décidé de le bombarder. Puisant dans la coupe de fruits sur la desserte, il s'était rempli les poches de pommes et maintenant, sans viser précisément pour l'instant, les lançait l'une après l'autre. Les petites pommes rouges roulaient par terre en tous sens, comme électrisées, et s'entrechoquaient. L'une d'elles, lancée mollement, effleura le dos de Gregor et glissa sans provoquer de dommage. Mais elle fut aussitôt suivie d'une autre qui, au contraire, s'enfonça littéralement dans le dos de Gregor ; il voulut se traîner un peu plus loin, comme si cette surprenante et incroyable douleur pouvait passer en changeant de lieu ; mais il se sentit comme cloué sur place et s'étira de tout son long, dans une complète confusion de tous ses sens. Il vit seulement encore, d'un dernier regard, qu'on ouvrait brutalement la porte de sa chambre et que, suivie par sa sœur qui criait, sa mère en sortait précipitamment, en chemise, car sa sœur l'avait déshabillée pour qu'elle respirât plus librement pendant son évanouissement, puis que sa mère courait vers son père en perdant en chemin, l'un après l'autre, ses jupons délacés qui glissaient à terre, et qu'en trébuchant sur eux elle se précipitait sur le père, l'enlaçait, ne faisait plus qu'un avec lui – mais Gregor perdait déjà la vue – et, les mains derrière la nuque du père, le suppliait d'épargner la vie de Gregor.

3

Cette grave blessure, dont Gregor souffrit plus d'un mois – personne n'osant enlever la pomme, elle resta comme un visible souvenir, fichée dans sa chair – parut rappeler, même à son père, qu'en dépit de la forme affligeante et répugnante qu'il avait à présent, Gregor était un membre de la famille, qu'on n'avait pas le droit de le traiter en ennemi et qu'au contraire le devoir familial imposait qu'à son égard on ravalât toute aversion et l'on s'armât de patience, rien que de patience.

Et si, du fait de sa blessure, Gregor avait désormais perdu pour toujours une part de sa mobilité, et que pour le moment il lui fallait, pour traverser sa chambre, comme un vieil invalide, de longues, longues minutes – quant à évoluer en hauteur, il n'en était plus question –, en revanche il reçut pour cette détérioration de son état une compensation qu'il jugea tout à fait satisfaisante : c'est que régulièrement, vers le soir, on lui ouvrit la porte donnant sur la pièce commune, porte qu'il prit l'habitude de guetter attentivement une ou deux heures à l'avance, et qu'ainsi, étendu dans l'obscurité de sa chambre, invisible depuis la salle de séjour, il pouvait voir toute la famille attablée sous la lampe et écouter ses conversations, avec une sorte d'assentiment général, et donc tout autrement qu'avant.

Certes, ce n'étaient plus les entretiens animés d'autrefois, ceux auxquels Gregor, dans ses petites chambres d'hôtel, songeait toujours avec un peu de nostalgie au moment où, fatigué, il devait se glisser entre des draps humides. Maintenant, tout se passait en général fort silencieusement. Le père s'endormait sur sa chaise peu après la fin du dîner ; la mère et la sœur se rappelaient mutuellement de ne pas faire de bruit; la mère, courbée sous la lampe, cousait de la lingerie pour un magasin de nouveautés; la sœur, qui avait pris un emploi de vendeuse, consacrait ses soirées à apprendre la sténographie et le français, dans l'espoir de trouver un jour une meilleure place. Parfois, le père se réveillait et, comme ne sachant pas qu'il avait dormi, disait à la mère: « Comme tu couds longtemps, ce soir encore! » Puis il se rendormait aussitôt, tandis que la mère et la sœur échangeaient des sourires las.

Avec une sorte d'entêtement, le père se refusait, même en famille, à quitter son uniforme; et tandis que sa robe de chambre pendait, inutile, à la patère, il sommeillait en grande tenue sur sa chaise, comme s'il était toujours prêt à assurer son service et attendait, même ici, la voix de son supérieur. En conséquence, cette tenue, qui au début déjà n'était pas neuve, perdit de sa propreté en dépit du soin qu'en prenaient la mère et la fille, et Gregor contemplait souvent des soirs durant cet uniforme constellé de taches, mais brillant de ses boutons dorés toujours astiqués, dans lequel le vieil homme dormait fort inconfortablement et pourtant tranquillement.

Dès que la pendule sonnait dix heures, la mère s'efforçait de réveiller le père en lui parlant doucement, puis de le persuader d'aller se coucher, car cette façon de dormir n'en était pas une et, devant prendre son service à six heures, le père avait absolument besoin de vrai sommeil. Mais avec l'entêtement qui s'était emparé de lui depuis qu'il était employé, il s'obstinait régulièrement à rester encore plus longtemps à la table, quoiqu'il s'endormît immanquablement, et ce n'est qu'à grand-peine qu'on pouvait l'amener ensuite à troquer sa chaise contre son lit. La mère et la sœur pouvaient bien l'assaillir de petites exhortations, il secouait lentement la tête des quarts d'heure durant, gardait les yeux fermés et ne se levait pas. La mère le tirait par la manche, lui disait des mots doux à l'oreille, la sœur lâchait son travail pour aider sa mère, mais ça ne prenait pas. Le père ne faisait que s'affaisser encore davantage sur sa chaise. Ce n'est que quand les femmes l'empoignaient sous les bras qu'il ouvrait les yeux, regardait tour à tour la mère et la fille, et disait habituellement: « Voilà ma vie! Voilà le repos de mes vieux jours! » S'appuyant alors sur les deux femmes, il se levait, en en faisant toute une histoire, comme si c'était à lui que sa masse pesait le plus, se laissait conduire jusqu'à la porte, faisait alors signe aux femmes de le laisser, puis continuait tout seul, tandis qu'elles s'empressaient de lâcher, qui sa couture, qui son porte-plume, pour courir derrière lui et continuer de l'aider.

Dans cette famille surmenée et exténuée, qui avait le temps de s'occuper de Gregor plus qu'il n'était strictement nécessaire ? Le train de maison fut réduit de plus en plus ; la petite bonne fut finalement congédiée ; une gigantesque femme de ménage, toute en os, avec des cheveux blancs qui lui flottaient tout autour de la tête, vint matin et soir pour exécuter les gros travaux ; tout le reste était fait par la mère, en plus de toute sa couture. On en vint même à vendre divers bijoux de famille qu'autrefois la mère et la sœur portaient avec ravissement à l'occasion de soirées et de fêtes : Gregor l'apprit un soir en les entendant tous débattre des prix qu'on en avait retirés. Mais le grand sujet de récrimination, c'était toujours que cet appartement était trop grand dans l'état actuel des choses, mais qu'on ne pouvait pas en changer, car on ne pouvait imaginer comment déménager Gregor. Mais l'intéressé se rendait bien compte que ce qui empêchait un déménagement, ce n'était pas seulement qu'on prît en compte sa présence, car enfin l'on aurait pu aisément le transporter dans une caisse appropriée percée de quelques trous d'aération ; ce qui retenait surtout sa famille de changer de logement, c'était bien plutôt qu'elle n'avait plus le moindre espoir et estimait être victime d'un malheur sans égal dans tout le cercle de leurs parents et de leurs connaissances. Tout ce que le monde exige de gens pauvres, ils s'en acquittaient jusqu'au bout, le père allait chercher leur déjeuner aux petits employés de la banque, la mère s'immolait pour le linge de personnes inconnues, la sœur courait de-ci de-là derrière son comptoir au gré des clients qui la commandaient, et les forces de la famille suffisaient tout juste à cela, pas davantage. Et la blessure dans le dos de Gregor recommençait à lui faire mal comme au premier jour, quand sa mère et sa sœur, ayant mis le père au lit, revenaient et laissaient en plan leur travail, se serraient l'une contre l'autre et déjà s'asseyaient joue contre joue ; et quand alors sa mère, montrant la chambre de Gregor, disait

« Ferme donc cette porte, Grete », et quand ensuite Gregor se retrouvait dans l'obscurité, tandis qu'à côté les deux femmes mêlaient leurs larmes ou, pire encore, regardaient fixement la table sans pleurer.

Gregor passait les nuits et les journées presque sans dormir. Quelquefois il songeait qu'à la prochaine ouverture de la porte il allait reprendre en main les affaires de la famille, tout comme naguère ; dans ses pensées surgissaient à nouveau, après bien longtemps, son patron et le fondé de pouvoir, les commis et les petits apprentis, le portier qui était tellement stupide, deux ou trois amis travaillant dans d'autres maisons, une femme de chambre d'un hôtel de province, souvenir fugitif et charmant, la caissière d'une chapellerie à qui il avait fait une cour sérieuse, mais trop lente... Tous ces gens apparaissaient, entremêlés d'inconnus ou de gens déjà oubliés, mais au lieu d'apporter une aide à sa famille et à lui-même, ils étaient aussi inaccessibles les uns que les autres, et il était content de les voir disparaître. D'autres fois, il n'était pas du tout d'humeur à se soucier de sa famille, il n'éprouvait que fureur qu'on s'occupât si mal de lui et, quoique incapable d'imaginer ce qu'il aurait eu envie de manger, il n'en forgeait pas moins des plans pour parvenir jusqu'à l'office et y prendre ce qui malgré tout lui revenait, même s'il n'avait pas faim. Sans plus réfléchir à ce qui aurait pu faire plaisir à Gregor, sa sœur poussait du pied dans sa chambre, en vitesse, avant de partir travailler le matin et l'après-midi, un plat quelconque que le soir, sans se soucier si Gregor y avait éventuellement goûté ou si – comme c'était le cas le plus fréquent – il n'y avait pas touché, elle enlevait d'un coup de balai. Le ménage de la chambre, dont désormais elle s'occupait toujours le soir, n'aurait guère pu être fait plus vite. Des traînées de crasse s'étalaient sur les murs, de petits amas de poussière et d'ordure entremêlées gisaient çà et là sur le sol. Dans les premiers temps, Gregor se postait, à l'arrivée de sa sœur, dans tel ou tel coin précis, afin de lui exprimer une sorte de reproche par la façon dont il se plaçait. Mais sans doute aurait-il pu y rester des semaines sans que sa sœur s'améliorât pour autant ; car enfin elle voyait la saleté tout aussi bien que lui, simplement elle avait décidé de la laisser. Avec cela, c'est avec une susceptibilité toute nouvelle qu'elle veillait à ce que le ménage dans la chambre de Gregor lui demeurât réservé, et ce genre de susceptibilité avait gagné toute la famille. Un jour, la mère de Gregor avait soumis sa chambre à un nettoyage en grand qui avait nécessité l'emploi de plusieurs seaux d'eau – à vrai dire, toute cette humidité offusqua Gregor aussi, qui s'étalait sur le canapé, immobile et renfrogné –, mais elle en fut bien punie. Car, le soir, à peine la sœur eut-elle remarqué le changement intervenu dans la chambre que, complètement ulcérée, elle revint en courant dans la salle de séjour et, ignorant le geste d'adjuration de sa mère, piqua une crise de larmes que ses parents – le père ayant naturellement sursauté sur sa chaise – commencèrent par regarder avec stupeur et désarroi ; jusqu'au moment où, à leur tour, ils se mirent en branle ; le père faisant, côté cour, des reproches à la mère pour n'avoir pas laissé à la sœur le soin du ménage dans la chambre de Gregor, tandis que, côté jardin, il criait à la sœur que jamais plus elle n'aurait le droit de faire ladite chambre ; pendant que la mère tentait d'entraîner vers la chambre à coucher le père surexcité qui ne se connaissait plus ; que la sœur, secouée de sanglots, maltraitait la table avec ses petits poings ; et que Gregor sifflait comme un serpent, furieux que personne n'eût l'idée de fermer la porte et de lui épargner ce spectacle et ce vacarme.

Mais même si, exténuée par son travail professionnel, la sœur s'était fatiguée de prendre soin de Gregor comme naguère, sa mère n'aurait pas eu besoin pour autant de prendre sa relève et il n'y aurait pas eu de raison que Gregor fût négligé. Car il y avait maintenant la femme de ménage. Cette veuve âgée, qui sans doute, au cours de sa longue vie, avait dû à sa forte charpente osseuse de surmonter les plus rudes épreuves, n'avait pas vraiment de répugnance pour Gregor. Sans être le moins du monde curieuse, elle avait un jour ouvert par hasard la porte de sa chambre et, à la vue de Gregor tout surpris, qui s'était mis à courir en tous sens bien que personne ne le poursuivît, elle était restée plantée, les mains jointes sur le ventre, l'air étonné. Dès lors, elle ne manqua jamais, matin et soir, d'entrouvrir un instant la porte et de jeter un coup d'œil sur Gregor. Au début, elle l'appelait même en lui parlant d'une façon qu'elle estimait sans doute gentille, lui disant par exemple : « Viens un peu ici, vieux cafard ! » ou : « Voyez-moi ce vieux cafard ! » Ainsi interpellé, Gregor restait de marbre et ne bougeait pas, comme si la porte n'avait pas été ouverte. Au lieu de laisser cette femme de ménage le déranger pour rien au gré de son caprice, on aurait mieux fait de lui commander de faire sa chambre tous les jours ! Un matin, de bonne heure – une pluie violente frappait les vitres, peut-être déjà un signe du printemps qui arrivait –, Gregor fut à ce point irrité d'entendre la femme de ménage recommencer sur le même ton qu'il fit mine de s'avancer sur elle pour l'attaquer, encore que d'une démarche lente et chancelante. Mais elle, au lieu de prendre peur, se contenta de brandir bien haut une chaise qui se trouvait près de la porte et resta là, la bouche ouverte, avec l'intention évidente de ne la refermer qu'une fois que la chaise se serait abattue sur le dos de Gregor. « Alors, ça s'arrête là ? » dit-elle quand Gregor fit demi-tour, et elle reposa calmement la chaise dans son coin.

Gregor ne mangeait à présent presque plus rien. C'est tout juste si, passant par hasard près du repas préparé, il en prenait par jeu une bouchée, la gardait dans sa bouche pendant des heures, puis généralement la recrachait. Il commenca par penser que c'était la tristesse provoquée par l'état de sa chambre qui le dégoûtait de manger, mais justement il se fit très vite aux modifications subies par la pièce. On avait pris l'habitude, quand des choses ne trouvaient pas leur place ailleurs, de s'en débarrasser en les mettant dans sa chambre, et il y avait maintenant beaucoup de choses qui se trouvaient dans ce cas, vu qu'on avait loué une pièce de l'appartement à trois sous-locataires. Ces messieurs austères – tous trois portaient la barbe, comme Gregor le constata un jour par une porte entrouverte – étaient très pointilleux sur le chapitre de l'ordre, non seulement dans leur chambre, mais dans toute la maison, puisque enfin ils y logeaient, et en particulier dans la cuisine. Ils ne supportaient pas la pagaille, et encore moins la saleté. De plus, ils avaient apporté presque tout ce qu'il leur fallait. C'est pourquoi beaucoup de choses étaient devenues superflues et, bien qu'elles ne fussent pas vendables, on ne voulait pas non plus les jeter. Elles se retrouvèrent toutes dans la chambre de Gregor. De même, la poubelle aux cendres et, en provenance de la cuisine, celle des détritus. Tout ce qui n'avait pas son utilité sur le moment, la femme de ménage, toujours extrêmement pressée, le balançait tout simplement dans la chambre de Gregor ; heureusement, Gregor ne voyait le plus souvent que l'objet en question et la main qui le tenait. La femme de ménage avait peut-être l'intention, à terme et à l'occasion, de revenir chercher ces objets ou bien de les jeter tous à la fois, mais de fait ils gisaient à l'endroit où ils avaient d'abord été lancés et ils y restaient, sauf quand Gregor se faufilait à travers ce fatras et le faisait bouger, par nécessité d'abord, parce que sinon il n'avait pas de place pour évoluer, et ensuite de plus en plus par plaisir, bien qu'au terme de telles pérégrinations il fût fatigué et triste à mourir, et ne bougeât plus pendant des heures.

Comme parfois les sous-locataires prenaient aussi leur dîner à la maison, dans la salle de séjour, la porte de celle-ci restait parfois fermée ; mais Gregor s'y résignait sans peine, car bien des soirs où elle avait été ouverte il n'en avait pas profité, il était au contraire resté tapi, sans que sa famille s'en aperçût, dans le coin le plus sombre de sa chambre. Mais, un jour, la femme de ménage avait laissé cette porte entrouverte, et celle-ci le resta même quand ces messieurs rentrèrent le soir et qu'on alluma la lumière. Ils s'assirent en bout de table, aux places jadis occupées par Gregor, son père et sa mère, déployèrent leurs serviettes et saisirent fourchette et couteau. Aussitôt, la mère apparut sur le seuil, portant un plat de viande, et sur ses talons la sœur, avec un plat surchargé de pommes de terre. Ces mets étaient tout fumants d'une épaisse vapeur. Les messieurs se penchèrent sur les plats qu'on posait devant eux, comme pour les examiner avant d'en manger, et de fait celui du milieu, qui semblait être une autorité aux yeux des deux autres, coupa en deux, dans le plat, un morceau de viande, manifestement pour s'assurer s'il était assez bien cuit et si peut-être il ne fallait pas le renvoyer à la cuisine. Il fut satisfait, et la mère et la sœur, qui l'avaient observé avec anxiété, eurent un sourire de soulagement.

La famille elle-même mangeait à la cuisine. Néanmoins, avant de s'y rendre, le père entra dans la salle de séjour et fit le tour de la tablée en restant courbé, la casquette à la main. Les messieurs se levèrent, tous autant qu'ils étaient, et marmottèrent quelque chose dans leurs barbes. Une fois seuls, ils mangèrent dans un silence presque parfait. Gregor trouva singulier que, parmi les divers bruits du repas, on distinguât régulièrement celui des dents qui mâchaient, comme s'il s'était agi de montrer à Gregor qu'il faut des dents pour manger et qu'on ne saurait arriver à rien avec des mâchoires sans dents, si belles soient ces mâchoires. « J'ai pourtant de l'appétit, se disait Gregor soucieux, mais pas pour ces choses. Comme ces sous-locataires se nourrissent, et moi je dépéris ! »

Ce soir-là précisément – Gregor ne se souvenait pas d'avoir entendu le violon pendant toute cette période – le son de l'instrument retentit dans la cuisine. Les messieurs avaient déjà fini de dîner, celui du milieu avait tiré de sa poche un journal et en avait donné une feuille à chacun des deux autres, et tous trois lisaient, bien adossés, et fumaient. Lorsque le violon se mit à jouer, ils dressèrent l'oreille, se levèrent et, sur la pointe des pieds, gagnèrent la porte de l'antichambre, où ils restèrent debout, serrés l'un contre l'autre. On avait dû les entendre depuis la cuisine, car le père cria : « Cette musique importune peut-être ces messieurs ? Elle peut cesser immédiatement. – Au contraire, dit le monsieur du milieu, est-ce que la demoiselle ne veut pas venir nous rejoindre et jouer dans cette pièce, où c'est tout de même bien plus confortable et sympathique ? – Mais certainement », dit le père comme si c'était lui le violoniste. Les messieurs réintégrèrent la pièce et attendirent. On vit bientôt arriver le père avec le pupitre, la mère avec la partition et la sœur avec son violon. La sœur s'apprêta calmement à jouer ; ses parents, qui n'avaient jamais loué de chambre auparavant et poussaient donc trop loin la courtoisie envers leurs locataires, n'osèrent pas s'asseoir sur leurs propres chaises ; le père s'accota à la porte, la main droite glissée entre deux boutons de sa veste d'uniforme, qu'il avait refermée ; quant à la mère, l'un des messieurs lui offrit une chaise et, comme elle la laissa là où il l'avait par hasard placée, elle se retrouva assise à l'écart, dans un coin.

La sœur se mit à jouer ; le père et la mère suivaient attentivement, chacun de son côté, les mouvements de ses mains. Gregor, attiré par la musique, s'était risqué à s'avancer un peu et avait déjà la tête dans la salle de séjour. Il ne s'étonnait guère d'avoir si peu d'égards pour les autres, ces derniers temps ; naguère, ces égards avaient fait sa fierté. Et pourtant il aurait eu tout lieu de se cacher, surtout maintenant, car du fait de la poussière qu'il y avait partout dans sa chambre et qui volait au moindre mouvement, il était couvert de poussière lui aussi ; sur son dos et ses flancs, il traînait avec lui des fils, des cheveux, des débris alimentaires ; il était bien trop indifférent à tout pour se mettre sur le dos et se frotter au tapis, comme il le faisait auparavant plusieurs fois par jour. Et en dépit de l'état où il était, il n'éprouva aucune gêne à s'engager un peu sur le parquet immaculé de la salle de séjour.

Du reste, personne ne se souciait de lui. La famille était toute occupée par le violon ; les sous-locataires, en revanche, qui avaient commencé par se planter, les mains dans les poches de leur pantalon, beaucoup trop près du pupitre de la sœur, au point de tous pouvoir suivre la partition, ce qui ne pouvait assurément que gêner l'exécutante, se retirèrent bientôt du côté de la fenêtre en devisant à mi-voix, têtes penchées, et restèrent là-bas, observés par le père avec inquiétude. On avait vraiment l'impression un peu trop nette qu'ils avaient espéré entendre bien jouer, ou agréablement, et qu'ils étaient déçus, qu'ils avaient assez de tout ce numéro et que c'était par pure courtoisie qu'ils laissaient encore troubler leur tranquillité. En particulier, la façon qu'ils avaient tous de rejeter la fumée de leur cigare vers le haut, par le nez et par la bouche, démontrait une extrême nervosité. Et pourtant, la sœur de Gregor jouait si bien ! Son visage était incliné sur le côté, ses regards suivaient la portée en la scrutant d'un air triste. Gregor avança encore un peu, tenant la tête au ras du sol afin de croiser éventuellement le regard de sa sœur. Était-il une bête, pour être à ce point ému par la musique ? Il avait le sentiment d'apercevoir le chemin conduisant à la nourriture inconnue dont il avait le désir. Il était résolu à s'avancer jusqu'à sa sœur, à tirer sur sa jupe et à lui suggérer par là de bien vouloir venir dans sa chambre avec son violon, car personne ici ne méritait qu'elle jouât comme lui entendait le mériter. Il ne la laisserait plus sortir de sa chambre, du moins tant qu'il vivrait ; son apparence effrayante le servirait, pour la première fois ; il serait en même temps à toutes les portes de sa chambre, crachant comme un chat à la figure des agresseurs ; mais il ne faudrait pas que sa sœur restât par contrainte, elle demeurerait de son plein gré auprès de lui ; elle serait assise à ses côtés sur le canapé, elle inclinerait vers lui son oreille, et alors il lui confierait avoir eu la ferme intention de l'envoyer au conservatoire, il lui dirait que, si le malheur ne s'était pas produit entre-temps, il l'aurait annoncé à tous au Noël dernier – Noël était bien déjà passé, n'est-ce pas ? – en ignorant toutes les objections. Après cette déclaration, sa sœur attendrie fondrait en larmes, et Gregor se hisserait jusqu'à son épaule et l'embrasserait dans le cou, lequel, depuis qu'elle travaillait au magasin, elle portait dégagé, sans ruban ni col.

« Monsieur Samsa ! » lança au père le monsieur du milieu en montrant du doigt, sans un mot de plus, Gregor qui progressait lentement. Le violon se tut, le monsieur hocha d'abord la tête en adressant un sourire à ses amis, puis se tourna de nouveau vers Gregor. Au lieu de chasser celui-ci, son père parut juger plus nécessaire de commencer par apaiser les sous-locataires, bien que ceux-ci ne parussent nullement bouleversés et que Gregor semblât les amuser plus que le violon. Il se précipita vers eux et, les bras écartés, chercha à les refouler vers leur chambre, et en même temps à les empêcher de regarder Gregor. Ils commencèrent effectivement à se fâcher quelque peu, sans qu'on sût trop bien si c'était à propos du comportement du père ou parce qu'ils découvraient maintenant qu'ils avaient eu, sans le savoir, un voisin de chambre comme Gregor. Ils exigeaient du père des explications, levaient les bras à leur tour, tiraient nerveusement sur leurs barbes et ne reculaient que lentement en direction de leur chambre. Entre-temps, la sœur avait surmonté l'hébétude où elle avait été plongée après la brusque interruption de sa musique et, après un moment pendant lequel elle avait tenu l'instrument et l'archet au bout de ses mains molles en continuant de regarder la partition comme si elle jouait encore, elle s'était ressaisie d'un coup, avait posé le violon sur les genoux de sa mère, laquelle était toujours sur sa chaise et respirait à grand-peine en haletant laborieusement, et avait filé dans la pièce voisine, dont les messieurs approchaient déjà plus rapidement sous les injonctions du père. Sous les mains expertes de Grete, on y vit alors voler en l'air les couvertures et les oreillers des lits, qui trouvaient leur bonne ordonnance. Avant même que les messieurs eussent atteint la chambre, elle avait fini leur couverture et s'éclipsait. Le père semblait à ce point repris par son entêtement qu'il en oubliait tout le respect qu'il devait malgré tout à ses pensionnaires. Il ne faisait que les presser, les pressait encore, jusqu'au moment où, déjà sur le seuil de la chambre, le monsieur du milieu tapa du pied avec un bruit de tonnerre, stoppant ainsi le père. « Je déclare », dit-il en levant la main et en cherchant des yeux aussi la mère et la sœur « qu'étant donné les conditions révoltantes qui règnent dans cet appartement et cette famille », et en disant cela il cracha résolument sur le sol, « je vous donne mon congé séance tenante. Il va de soi que même pour les jours où j'ai logé ici, je ne vous verserai pas un sou ; en revanche, je n'exclus pas de faire valoir à votre encontre des droits, facilement démontrables – croyez-moi –, à dédommagement. » Il se tut et regarda droit devant lui, comme s'il attendait quelque chose. Effectivement, ses deux amis déclarèrent sans plus tarder : « Nous aussi, nous donnons congé séance tenante. » Là-dessus, il empoigna le bec-de-cane et referma la porte avec fracas.

Le père tituba jusqu'à sa chaise en tâtonnant, et s'y laissa tomber ; on aurait pu croire qu'il prenait ses aises pour l'un de ses habituels petits sommes d'après-dîner, mais le violent hochement de sa tête branlante montrait qu'il ne dormait nullement. Pendant tout ce temps, Gregor s'était tenu coi à l'endroit même où les messieurs l'avaient surpris. La déception de voir son plan échouer, mais peut-être aussi la faiblesse résultant de son jeûne prolongé le rendait incapable de se mouvoir. Il craignait avec une quasi-certitude que d'un instant à l'autre un effondrement général lui retombât dessus, et il attendait. Même le violon ne le fit pas bouger, qui, échappant aux doigts tremblants de la mère, tomba de ses genoux par terre en résonnant très fort.

« Mes chers parents », dit la sœur en abattant sa main sur la table en guise d'entrée en matière, « cela ne peut plus durer. Peut-être ne vous rendez-vous pas à l'évidence ; moi, si. Je ne veux pas, face à ce monstrueux animal, prononcer le nom de mon frère, et je dis donc seulement : nous devons tenter de nous en débarrasser. Nous avons tenté tout ce qui était humainement possible pour prendre soin de lui et le supporter avec patience ; je crois que personne ne peut nous faire le moindre reproche. »

« Elle a mille fois raison », dit le père à part lui. La mère, qui n'arrivait toujours pas à reprendre son souffle, porta la main à sa bouche et, les yeux hagards, fit entendre une toux caverneuse.

La sœur courut vers elle et lui prit le front. Ses paroles semblaient avoir éclairci les idées de son père, il s'était redressé sur sa chaise, jouait avec sa casquette d'uniforme entre les assiettes qui restaient encore sur la table après le dîner des locataires, et regardait de temps à autre vers l'impassible Gregor.

« Nous devons tenter de nous en débarrasser », dit la sœur, cette fois à l'adresse de son père seulement, car sa mère dans sa toux n'entendait rien, « il finira par vous tuer tous les deux, je vois cela venir. Quand on doit déjà travailler aussi dur que nous tous, on ne peut pas en plus supporter chez soi ce supplice perpétuel. Je n'en peux plus, moi non plus. » Et elle se mit à pleurer si fort que ses larmes coulèrent sur le visage de sa mère, où elle les essuyait d'un mouvement machinal de la main.

« Mais, mon petit », dit le père avec compassion et une visible compréhension, « que veux-tu que nous fassions ? »

La sœur se contenta de hausser les épaules pour manifester le désarroi qui s'était emparé d'elle tandis qu'elle pleurait, contrairement à son assurance de tout à l'heure.

« S'il nous comprenait », dit le père, à demi comme une question ; du fond de ses pleurs, la sœur agita violemment la main pour signifier qu'il ne fallait pas y penser.

« S'il nous comprenait », répéta le père en fermant les yeux pour enregistrer la conviction de sa fille que c'était impossible, « alors un accord serait peut-être possible avec lui. Mais dans ces conditions...

– Il faut qu'il disparaisse, s'écria la sœur, c'est le seul moyen, père. Il faut juste essayer de te débarrasser de l'idée que c'est Gregor. Nous l'avons cru tellement longtemps, et c'est bien là qu'est notre véritable malheur. Mais comment est-ce que ça pourrait être Gregor ? Si c'était lui, il aurait depuis longtemps compris qu'à l'évidence des êtres humains ne sauraient vivre en compagnie d'une telle bête, et il serait parti de son plein gré. Dès lors, nous n'aurions pas de frère, mais nous pourrions continuer à vivre et pourrions honorer son souvenir. Mais, là, cette bête nous persécute, chasse les locataires, entend manifestement occuper tout l'appartement et nous faire coucher dans la rue. Mais regarde, papa, cria-t-elle brusquement, le voilà qui recommence ! » Et, avec un effroi tout à fait incompréhensible pour Gregor, elle abandonna même sa mère en se rejetant littéralement loin de sa chaise, comme si elle aimait mieux sacrifier sa mère que de rester à proximité de Gregor, et elle courut se réfugier derrière son père, lequel, uniquement troublé par son comportement à elle, se dressa aussi et tendit à demi les bras devant elle comme pour la protéger.

Mais Gregor ne songeait nullement à faire peur à qui que ce fût, et surtout pas à sa sœur. Il avait simplement entrepris de se retourner pour regagner sa chambre, et il est vrai que cela faisait un drôle d'effet, obligé qu'il était par son état peu brillant, dans les manœuvres délicates, de s'aider de sa tête, qu'il dressait et cognait sur le sol alternativement. Il s'interrompit et regarda alentour. Ses bonnes intentions paraissaient avoir été comprises ; ce n'avait été qu'une frayeur passagère. À présent tout le monde le regardait en silence et d'un air triste. La mère était renversée sur sa chaise, les jambes tendues et jointes, ses yeux se fermaient presque d'épuisement ; le père et la sœur étaient assis côte à côte, la sœur tenait le père par le cou.

« Je vais peut-être enfin avoir le droit de me retourner », songea Gregor en se remettant au travail. Dans son effort, il ne pouvait s'empêcher de souffler bruyamment, et il dut même à plusieurs reprises s'arrêter pour se reposer. Au demeurant, personne ne le pressait, on le laissa faire entièrement à sa guise. Lorsqu'il eut accompli son demi-tour, il entama aussitôt son trajet de retour en ligne droite. Il s'étonna de la grande distance qui le séparait de sa chambre et il ne put concevoir qu'il ait pu, un moment avant, faible comme il l'était, parcourir le même chemin presque sans s'en rendre compte. Uniquement et constamment soucieux de ramper vite, c'est à peine s'il nota que nulle parole, nulle exclamation de sa famille ne venait le troubler. C'est seulement une fois sur le seuil de sa chambre qu'il tourna la tête – pas complètement, car il sentait son cou devenir raide – et put tout de même encore voir que derrière lui rien n'avait changé ; simplement, sa sœur s'était levée. Son dernier regard effleura sa mère, qui maintenant s'était endormie tout à fait.

À peine fut-il à l'intérieur de sa chambre que la porte en fut précipitamment claquée et fermée à double tour. Ce bruit inopiné derrière lui fit une telle peur à Gregor que ses petites pattes cédèrent sous lui. C'était sa sœur qui s'était ainsi précipitée. Elle s'était tenue debout à l'avance et avait attendu, puis elle avait bondi sur la pointe des pieds, Gregor ne l'avait pas du tout entendu venir, et tout en tournant la clé dans la serrure elle lança à ses parents un « Enfin ! »

« Et maintenant ? » se demanda Gregor en regardant autour de lui dans l'obscurité. Il découvrit bientôt qu'à présent il ne pouvait plus bouger du tout. Il n'en fut pas surpris ; c'était bien plutôt d'avoir pu jusque-là se propulser effectivement sur ces petites pattes grêles qui lui paraissait peu naturel. Au demeurant, il éprouvait un relatif bien-être. Il avait certes des douleurs dans tout le corps, mais il avait l'impression qu'elles devenaient peu à peu de plus en plus faibles, et qu'elles finiraient par passer tout à fait. La pomme pourrie dans son dos et la région enflammée tout autour, sous leur couche de poussière molle, ne se sentaient déjà plus guère. Il repensa à sa famille avec attendrissement et amour. L'idée qu'il devait disparaître était encore plus ancrée, si c'était possible, chez lui que chez sa sœur. Il demeura dans cet état de songerie creuse et paisible jusqu'au moment où trois heures du matin sonnèrent au clocher. Il vit encore la clarté qui commencait de se répandre devant la fenêtre, au-dehors. Puis, malgré lui, sa tête retomba tout à fait, et ses narines laissèrent s'échapper faiblement son dernier souffle.

Quand, de bon matin, la femme de ménage arriva – à force d'énergie et de diligence, quoiqu'on l'eût souvent priée de s'en abstenir, elle faisait claquer si fort toutes les portes que, dans tout l'appartement, il n'était plus possible de dormir tranquille dès qu'elle était là –, et qu'elle fit à Gregor sa brève visite habituelle, elle ne lui trouva tout d'abord rien de particulier. Elle pensa que c'était exprès qu'il restait ainsi sans bouger, et qu'il faisait la tête ; elle était convaincue qu'il était fort intelligent. Comme il se trouvait qu'elle tenait à la main le grand balai, elle s'en servit pour essayer de chatouiller Gregor depuis la porte. Comme cela ne donnait rien non plus, elle en fut agacée et lui donna une petite bourrade, et ce n'est que quand elle l'eut poussé et déplacé sans rencontrer de résistance qu'elle commenca à tiquer. Ayant bientôt vu de quoi il retournait, elle ouvrit de grands yeux, siffla entre ses dents, mais sans plus tarder alla ouvrir d'un grand coup la porte de la chambre à coucher et cria dans l'obscurité, d'une voix forte : « Venez un peu voir ça, il est crevé ; il est là-bas par terre, tout ce qu'il y a de plus crevé ! »

Le couple Samsa était assis bien droit dans son lit et avait du mal à surmonter la frayeur que lui avait causée la femme de ménage, avant même de saisir la nouvelle annoncée. Ensuite, M. et Mme Samsa, chacun de son côté, sortirent du lit, M. Samsa se jeta la couverture sur les épaules, Mme Samsa apparut en simple chemise de nuit ; c'est dans cette tenue qu'ils entrèrent chez Gregor. Pendant ce temps s'était aussi ouverte la porte de la salle de séjour, où Grete dormait depuis l'installation des sous-locataires ; elle était habillée de pied en cap, comme si elle n'avait pas dormi, la pâleur de son visage semblait le confirmer. « Mort ? » dit Mme Samsa en levant vers la femme de ménage un regard interrogateur, bien qu'elle pût s'en assurer elle-même, et même le voir sans avoir besoin de s'en assurer. « Je pense bien », dit la femme de ménage, et pour bien le montrer elle poussa encore le cadavre de Gregor d'un grand coup de balai sur le côté. Mme Samsa eut un mouvement pour retenir le balai, mais elle n'en fit rien. « Eh bien, dit M. Samsa, nous pouvons maintenant rendre grâces à Dieu. » Il se signa, et les trois femmes suivirent son exemple. Grete, qui ne quittait pas des yeux le cadavre, dit : « Voyez comme il était maigre. Cela faisait d'ailleurs bien longtemps qu'il ne mangeait rien. Les plats repartaient tels qu'ils étaient arrivés. » De fait, le corps de Gregor était complètement plat et sec, on ne s'en rendait bien compte que maintenant, parce qu'il n'était plus rehaussé par les petites pattes et que rien d'autre ne détournait le regard.

« Grete, viens donc un moment dans notre chambre », dit Mme Samsa avec un sourire mélancolique, et Grete, non sans se retourner encore vers le cadavre, suivit ses parents dans la chambre à coucher. La femme de ménage referma la porte et ouvrit en grand la fenêtre. Bien qu'il fût tôt dans la matinée, l'air frais était déjà mêlé d'un peu de tiédeur. C'est qu'on était déjà fin mars.

Les trois sous-locataires sortirent de leur chambre et, d'un air étonné, cherchèrent des yeux leur petit déjeuner ; on les avait oubliés. « Où est le déjeuner ? » demanda d'un ton rogue à la femme de ménage celui des messieurs qui était toujours au milieu. Mais elle mit le doigt sur ses lèvres et, sans dire mot, invita par des signes pressants ces messieurs à pénétrer dans la chambre de Gregor. Ils y allèrent et, les mains dans les poches de leurs vestons quelque peu élimés, firent cercle autour du cadavre de Gregor, dans la pièce maintenant tout à fait claire.

Alors, la porte de la chambre à coucher s'ouvrit et M. Samsa fit son apparition, en tenue, avec sa femme à un bras et sa fille à l'autre. On voyait que tous trois avaient pleuré ; Grete appuyait par instants son visage contre le bras de son père.

« Quittez immédiatement mon appartement », dit M. Samsa en montrant la porte, sans pourtant lâcher les deux femmes. « Qu'est-ce que ca signifie ? » dit le monsieur du milieu, un peu décontenancé, et il eut un sourire doucereux. Les deux autres avaient les mains croisées derrière le dos et ne cessaient de les frotter l'une contre l'autre, comme s'ils se régalaient d'avance d'une grande altercation, mais qui ne pouvait que tourner à leur avantage. « Cela signifie exactement ce que je viens de dire », répondit M. Samsa et, son escorte féminine et lui restant sur un seul rang, il marcha vers le monsieur.

Celui-ci commença par rester là sans rien dire en regardant à terre, comme si dans sa tête les choses se remettaient dans un autre ordre. « Eh bien, donc, nous partons », dit-il ensuite en relevant les yeux vers M. Samsa, comme si, dans un brusque accès d'humilité, il quêtait derechef son approbation même pour cette décision-là. M. Samsa se contenta d'opiner plusieurs fois brièvement de la tête, en ouvrant grands les yeux. Sur quoi, effectivement, le monsieur gagna aussitôt à grands pas l'antichambre ; ses deux amis, qui depuis déjà un petit moment avaient les mains tranquilles et l'oreille aux aguets, sautillèrent carrément sur ses talons, comme craignant que M. Samsa les précédât dans l'antichambre et compromît le contact entre leur chef et eux. Dans l'antichambre, ils prirent tous trois leur chapeau au portemanteau, tirèrent leur canne du porte-parapluies, s'inclinèrent en silence et quittèrent l'appartement. Animé d'une méfiance qui se révéla sans aucun fondement, M. Samsa s'avança sur le palier avec les deux femmes ; penchés sur la rampe, ils regardèrent les trois messieurs descendre, lentement certes, mais sans s'arrêter, le long escalier, et les virent à chaque étage disparaître dans une certaine courbe de la cage pour en resurgir au bout de quelques instants ; plus ils descendaient, plus s'amenuisait l'intérêt que leur portait la famille Samsa ; et quand ils croisèrent un garçon boucher qui, portant fièrement son panier sur la tête, s'éleva rapidement bien au-dessus d'eux, M. Samsa ne tarda pas à s'écarter de la rampe avec les deux femmes, et ils rentrèrent tous dans leur appartement avec une sorte de soulagement.

Ils décidèrent de consacrer la journée au repos et à la promenade ; non seulement ils avaient mérité ce petit congé, mais ils en avaient même absolument besoin. Ils se mirent donc à la table et écrivirent trois lettres d'excuses, M. Samsa à sa direction, Mme Samsa à son bailleur d'ouvrage, et Grete à son chef du personnel. Pendant qu'ils écrivaient, la femme de ménage entra pour dire qu'elle s'en allait, car son travail de la matinée était achevé. Tous les trois se contentèrent d'abord d'opiner de la tête sans lever les yeux de leurs lettres, mais comme la femme ne faisait toujours pas mine de se retirer, alors on se redressa d'un air agacé. « Eh bien ? » demanda M. Samsa. La femme de ménage était plantée sur le seuil et souriait comme si elle avait un grand bonheur à annoncer à la famille, mais qu'elle ne le ferait que si on la questionnait à fond. La petite plume d'autruche qui était plantée tout droit sur son chapeau et qui agaçait M. Samsa depuis qu'elle était à leur service, oscillait doucement dans tous les sens. « Mais qu'est-ce que vous voulez donc ? » demanda Mme Samsa, qui était encore celle pour qui la femme avait le plus de respect. « Ben... » répondit-elle, gênée pour parler tant elle affichait un grand sourire, « pour ce qui est de vous débarrasser de la chose d'à côté, ne vous faites pas de souci. C'est déjà réglé. » Mme Samsa et Grete se penchèrent sur leurs lettres comme si elles voulaient les continuer ; M. Samsa, voyant que la femme de ménage voulait maintenant se mettre à tout décrire par le menu, tendit la main pour couper court de la façon la plus ferme. Puisqu'elle n'avait pas le droit de raconter, elle se rappela combien elle était pressée, lança sur un ton manifestement vexé « Bonjour, tout le monde », fit un demi-tour furieux et quitta l'appartement dans d'épouvantables claquements de portes.

« Ce soir, je la mets à la porte », dit M. Samsa, mais sans obtenir de réponse ni de sa femme ni de sa fille, car la femme de ménage parut avoir à nouveau troublé la sérénité qu'elles avaient à peine recouvrée. Elles se levèrent, allèrent à la fenêtre, et y restèrent en se tenant enlacées. M. Samsa pivota sur sa chaise pour les suivre des yeux et les observa un petit moment en silence. Puis il lança : « Allons, venez un peu là. Finissez-en donc avec les vieilles histoires. Et puis occupez-vous aussi un peu de moi. » Les deux femmes s'exécutèrent aussitôt, coururent vers lui, lui firent des caresses et terminèrent rapidement leurs lettres.

Puis tous trois quittèrent de concert l'appartement, ce qui ne leur était plus arrivé depuis déjà des mois, et prirent le tramway pour aller prendre l'air à l'extérieur de la ville. Le wagon, où ils étaient seuls, était tout inondé par le chaud soleil. Confortablement carrés sur leurs banquettes, ils évoquèrent les perspectives d'avenir et, à y regarder de plus près, il apparut qu'elles n'étaient pas tellement mauvaises, car les places qu'ils occupaient respectivement, et sur lesquelles ils ne s'étaient jamais en fait mutuellement demandé beaucoup de détails, étaient d'excellentes places et, en particulier, fort prometteuses. La principale amélioration immédiate de leur situation résulterait, d'une façon nécessaire et toute naturelle, d'un changement d'appartement ; ils allaient en louer un plus petit et meilleur marché mais mieux situé et généralement plus pratique que l'actuel, qui était encore un choix fait par Gregor. Tandis qu'ils devisaient ainsi, M. et Mme Samsa, à la vue de leur fille qui s'animait de plus en plus, songèrent presque simultanément que, ces derniers temps, en dépit des corvées et des tourments qui avaient fait pâlir ses joues, elle s'était épanouie et était devenue un beau brin de fille. Ils furent dès lors plus silencieux et, échangeant presque involontairement des regards entendus, songèrent qu'il allait être temps de lui chercher aussi quelque brave garçon pour mari. Et ce fut pour eux comme la confirmation de ces rêves nouveaux et de ces bonnes intentions, lorsqu'en arrivant à destination ils virent leur fille se lever la première et étirer son jeune corps.

DANS LA COLONIE PÉNITENTIAIRE

– C'est un appareil singulier, dit l'officier au chercheur qui se trouvait en voyage d'études.

Et il embrassa d'un regard empreint d'une certaine admiration cet appareil qu'il connaissait pourtant bien. Le voyageur semblait n'avoir donné suite que par politesse à l'invitation du commandant, qui l'avait convié à assister à l'exécution d'un soldat condamné pour indiscipline et offense à son supérieur. L'intérêt suscité par cette exécution n'était d'ailleurs sans doute pas très vif dans la colonie pénitentiaire. Du moins n'y avait-il là, dans ce vallon abrupt et sablonneux cerné de pentes dénudées, outre l'officier et le voyageur, que le condamné, un homme abruti et mafflu, cheveu hirsute et face à l'avenant, et un soldat tenant la lourde chaîne où aboutissaient les petites chaînes qui l'enserraient aux chevilles, aux poignets et au cou, et qui étaient encore reliées entre elles par d'autres chaînes. Au reste, le condamné avait un tel air de chien docile qu'apparemment on aurait pu le laisser librement divaguer sur ces pentes, quitte à le siffler au moment de passer à l'exécution.

Le voyageur ne se souciait guère de l'appareil et, derrière le dos du condamné, faisait les cent pas avec un désintérêt quasi manifeste, tandis que l'officier vaquait aux derniers préparatifs, tantôt se glissant dans les fondations de l'appareil, tantôt grimpant sur une échelle pour en examiner les superstructures. C'étaient là des tâches qu'en fait on aurait pu laisser à un mécanicien, mais l'officier s'en acquittait avec grand zèle, soit qu'il fût particulièrement partisan de cet appareil, soit que pour d'autres motifs l'on ne pût confier le travail à personne d'autre.

– Voilà, tout est paré ! s'écria-t-il enfin en descendant de l'échelle.

Il était exténué, respirait la bouche grande ouverte, et avait deux fins mouchoirs de dame coincés derrière le col de son uniforme.

– Ces uniformes sont quand même trop lourds pour les tropiques, dit le voyageur au lieu de s'enquérir de l'appareil comme l'officier s'y attendait.

– Certes, dit l'officier en lavant ses mains souillées d'huile et de graisse dans un seau d'eau disposé à cet effet, mais ils rappellent le pays ; nous ne voulons pas perdre le pays. Mais regardez donc cet appareil, ajouta-t-il aussitôt en s'essuyant dans un torchon les mains qu'il tendait en même temps vers l'appareil. Jusqu'à présent il fallait encore mettre la main à la pâte, mais désormais l'appareil travaille tout seul.

Le voyageur acquiesça de la tête et suivit l'officier. Soucieux de parer à tout incident, celui-ci dit alors :

– Il arrive naturellement que cela fonctionne mal ; j'espère bien que ce ne sera pas le cas aujourd'hui, mais enfin il ne faut pas l'exclure. C'est que l'appareil doit rester en service douze heures de suite. Mais même s'il y a des incidents, ils sont tout de même minimes et l'on y porte aussitôt remède. Vous ne voulez pas vous asseoir ?

En concluant par cette question, il dégagea l'une des chaises en rotin qui se trouvaient là en tas et l'offrit au voyageur ; celui-ci ne pouvait pas refuser. Il se retrouva dès lors assis au bord d'une fosse où il jeta un regard rapide. Elle n'était pas très profonde. D'un côté, la terre qu'on y avait prise faisait un tas en forme de rempart, de l'autre côté se dressait l'appareil.

– Je ne sais, dit l'officier, si le commandant vous a déjà expliqué l'appareil.

Le voyageur fit de la main un geste vague ; l'officier n'en demandait pas davantage, car dès lors il pouvait lui-même expliquer l'appareil. Il empoigna une manivelle, s'y appuya et dit :

– Cet appareil est une invention de notre ancien commandant. J'ai travaillé aux tout premiers essais et participé également à tous les travaux jusqu'à leur achèvement. C'est à lui seul, néanmoins, que revient le mérite de l'invention. Avez-vous entendu parler de notre ancien commandant ?

Non ? Eh bien, je ne m'avance guère en affirmant que toute l'organisation de la colonie pénitentiaire, c'est son œuvre. Nous qui sommes ses amis, nous savions déjà, à sa mort, que l'organisation de la colonie était si cohérente que son successeur, eût-il en tête mille projets nouveaux, ne pourrait rien changer à l'ancien état de choses pendant au moins de nombreuses années. Nos prévisions se sont d'ailleurs vérifiées ; le nouveau commandant a dû se rendre à l'évidence. Dommage que vous n'ayez pas connu l'ancien commandant !... Mais je bavarde, dit soudain l'officier, et son appareil est là devant nous. Il se compose, comme vous voyez, de trois parties. Chacune d'elles, avec le temps, a reçu une sorte de dénomination populaire. Celle d'en bas s'appelle le lit, celle d'en haut la traceuse, et là, suspendue au milieu, c'est la herse.

– La herse ? demanda le voyageur.

Il n'avait pas écouté très attentivement, ce vallon sans ombre captait trop violemment le soleil, on avait du mal à rassembler ses idées. L'officier ne lui en paraissait que plus digne d'admiration, sanglé dans sa vareuse comme pour la parade, avec lourdes épaulettes et aiguillettes pendantes, exposant son affaire avec tant de zèle et de surcroît, tout en parlant, maniant le tournevis pour resserrer çà et là. L'état du voyageur semblait être aussi celui du soldat. Il avait enroulé la chaîne du condamné autour de ses deux poignets, il était appuyé d'une main sur son fusil, laissait tomber la tête en avant et ne se souciait de rien. Le voyageur n'en fut pas surpris, car l'officier parlait français, et c'était une langue que ne comprenait certainement ni le soldat ni le condamné. Il n'en était que plus frappant, à vrai dire, de voir le condamné s'efforcer de suivre tout de même les explications de l'officier. Avec une sorte d'obstination somnolente, il tournait sans cesse ses regards dans la direction qu'indiquait l'officier et, lorsque celui-ci fut interrompu par une question du voyageur, il regarda ce dernier, tout comme le fit l'officier.

– Oui, la herse, dit celui-ci, le nom convient. Les aiguilles sont disposées en herse, et puis l'ensemble se manie comme une herse, quoique sur place et avec bien plus de savoir-faire. Vous allez d'ailleurs tout de suite comprendre. Là, sur le lit, on fait s'étendre le condamné. – Je vais d'abord, n'est-ce pas, décrire l'appareil, et ensuite seulement je ferai exécuter la manœuvre. Comme cela, vous pourrez mieux la suivre. Et puis il y a dans la traceuse une roue dentée qui est usée ; elle grince très fort, quand ça marche ; et alors on ne s'entend presque plus ; les pièces détachées sont hélas fort difficiles à se procurer, ici. – Donc, voilà le lit, comme je le disais. Il est entièrement recouvert d'une couche d'ouate ; à quelle fin, vous le saurez bientôt. Sur cette ouate, on fait s'étendre le condamné à plat ventre et, naturellement, nu ; voici pour les mains, et là pour les pieds, et là pour le cou, des sangles qui permettent de l'attacher. Là, à la tête du lit, à l'endroit où l'homme à plat ventre, comme je l'ai dit, doit poser le visage tout de suite, se trouve cette protubérance rembourrée qu'on peut aisément régler de telle sorte qu'elle entre exactement dans la bouche de l'homme. Ceci afin d'empêcher les cris et les morsures de la langue. Naturellement, l'homme est contraint de prendre ça dans sa bouche, sinon il a la nuque brisée par la sangle qui lui maintient le cou.

– C'est de la ouate ? demanda le voyageur en se penchant.

– Mais certainement, dit l'officier en souriant, touchez vous-même. Saisissant la main du voyageur, il la lui fit passer sur la surface du lit et poursuivit : C'est une ouate traitée spécialement, c'est pour cela que son aspect est si peu reconnaissable.

Le voyageur trouvait déjà l'appareil un peu plus attrayant ; la main au-dessus des yeux pour se protéger du soleil, il le parcourut du regard, du bas jusqu'en haut. C'était un ouvrage de grandes dimensions. Le lit et la traceuse étaient de taille équivalente et ressemblaient à deux caissons de couleur sombre. La traceuse était disposée à deux mètres environ au-dessus du lit ; ils étaient rattachés l'un à l'autre, aux quatre coins, par quatre montants de cuivre jaune qui, au soleil, lançaient presque des rayons. Entre les deux caissons était suspendue, à un ruban d'acier, la herse.

L'officier avait à peine noté l'indifférence première du voyageur, en revanche il fut alors sensible à son regain d'intérêt ; aussi interrompit-il ses explications, afin que le voyageur eût tout loisir d'examiner l'appareil. Le condamné imita le voyageur ; empêché de se protéger les yeux avec sa main, il les leva en clignant les paupières.

– Ainsi donc, l'homme est à plat ventre, dit le voyageur en se renversant dans son fauteuil et en croisant les jambes.

– Oui, dit l'officier en repoussant un peu sa casquette en arrière et en passant sa main sur son visage brûlant. À présent, suivez-moi bien. Le lit et la traceuse sont tous les deux pourvus de piles électriques ; le lit pour lui-même, la traceuse pour la herse. Dès que l'homme est attaché, on met le lit en marche ; il vibre, par petites oscillations très rapides, à la fois latérales et verticales. Vous aurez vu sans doute des appareils analogues dans des établissements hospitaliers ; sauf que, dans le cas de notre lit, les mouvements sont calculés avec précision ; ils doivent en effet être exactement coordonnés avec les mouvements de la herse. Or, c'est à cette herse qu'incombe l'exécution proprement dite de la sentence.

– Quels sont donc les termes de la sentence ? demanda le voyageur.

– Cela aussi, vous l'ignorez ? dit l'officier étonné, en se mordant les lèvres. Pardonnez-moi si mes explications sont peut-être confuses ; je vous prie de bien vouloir m'en excuser. C'est que ces explications, c'était autrefois le commandant qui les donnait ; or, le nouveau commandant s'est soustrait à l'honneur que constituait cette obligation ; mais qu'un visiteur aussi considérable (des deux mains, le voyageur tenta de récuser cet hommage, mais l'officier n'en démordit pas)... qu'un visiteur aussi considérable, il ne le mette pas même au courant de la forme que prend notre sentence, voilà encore une innovation qui... (L'officier s'apprêtait à proférer une malédiction, mais il se ressaisit et dit seulement :) Je n'ai pas été informé, ce n'est pas de ma faute. Au demeurant, je suis d'ailleurs tout à fait compétent pour exposer les modalités de notre appareil judiciaire, puisque j'ai là (et ce disant il tapota sa poche-poitrine) les dessins correspondants, de la main de notre ancien commandant.

– Des dessins du commandant lui-même ? demanda le voyageur. Était-il donc tout à la fois ? Était-il soldat, juge, technicien, chimiste, dessinateur ?

– Eh oui, dit l'officier en opinant de la tête avec un regard fixe et méditatif.

Puis il examina attentivement ses mains ; elles ne lui parurent pas assez propres pour toucher les dessins ; il alla donc vers le seau et les y lava une nouvelle fois. Puis il tira de sa poche un portefeuille de cuir et dit :

– Les termes de notre sentence n'ont rien de sévère. On inscrit avec la herse, sur le corps du condamné, le commandement qu'il a enfreint. Par exemple, à ce condamné (l'officier montra l'homme), on inscrira sur le corps : « Ton supérieur honoreras. »

Le voyageur jeta vers l'homme un regard rapide ; il tenait, au moment où l'officier le désignait, la tête baissée et semblait tendre l'oreille de toutes ses forces pour saisir quelque chose. Mais les mouvements de ses grosses lèvres serrées manifestaient clairement qu'il ne comprenait rien. Le voyageur avait diverses questions à poser, mais à la vue de l'homme il demanda seulement :

– Connaît-il sa sentence ?

– Non, dit l'officier qui entendait reprendre aussitôt le cours de ses explications.

Mais le voyageur l'interrompit :

– Il ne connaît pas sa propre condamnation ?

– Non, répéta l'officier qui s'arrêta un instant comme pour demander au voyageur de motiver plus précisément sa question, puis reprit : Il serait inutile de la lui annoncer, il va l'apprendre à son corps défendant.

Le voyageur s'apprêtait à se taire quand il sentit le condamné tourner vers lui son regard ; il paraissait demander s'il pouvait souscrire à la description faite. Aussi le voyageur, qui s'était à nouveau carré dans son fauteuil, se pencha-t-il de nouveau et demanda :

– Mais qu'il est condamné, il le sait, tout de même ?

– Non plus, dit l'officier en souriant au voyageur, comme s'il s'attendait encore de sa part à quelques déclarations étranges.

– Non ! dit le voyageur en se passant la main sur le front. Ainsi cet homme ne sait toujours pas comment sa défense a été reçue ?

– Il n'a pas eu l'occasion de se défendre, dit l'officier en détournant les yeux comme s'il se parlait à lui-même et ne voulait pas gêner le voyageur en lui racontant ces choses qui pour lui allaient de soi.

– Il a bien fallu qu'il ait l'occasion de se défendre, dit le voyageur en se levant de son fauteuil.

L'officier comprit qu'il risquait fort d'être interrompu pour longtemps dans ses explications concernant l'appareil ; il alla donc vers le voyageur, le prit familièrement par le bras, lui montra de la main le condamné qui, comme à présent l'attention se fixait manifestement sur lui, se mettait au garde-à-vous (d'ailleurs le soldat tirait sur la chaîne), et il dit :

– Les choses se passent de la manière suivante. J'exerce ici, dans la colonie pénitentiaire, la fonction de juge. En dépit de mon jeune âge. Car j'assistais déjà l'ancien commandant dans toutes les affaires disciplinaires, et c'est également moi qui connais le mieux l'appareil. Le principe selon lequel je tranche est que la culpabilité ne fait jamais de doute. D'autres tribunaux peuvent ne pas se conformer à ce principe, car ils comptent plusieurs juges et ils ont de surcroît, au-dessus d'eux, des tribunaux d'instances supérieures. Tel n'est pas le cas ici, ou du moins cela ne l'était pas sous l'ancien commandant. Il est vrai que le nouveau a déjà manifesté le désir de s'ingérer dans ma juridiction, mais je suis parvenu jusqu'ici à le contenir, et je continuerai d'y parvenir. – Vous vouliez que je vous explique ce cas ; il est aussi simple que tous les autres. Un capitaine a fait ce matin un rapport selon lequel cet homme, qui lui est affecté comme ordonnance et qui dort devant sa porte, s'était endormi à son poste. En effet, chaque fois que sonne l'heure, il a à se lever et à saluer devant la porte du capitaine. Devoir qui n'a rien de pesant et qui est nécessaire, car l'homme doit rester dispos, tant pour monter la garde que pour servir. La nuit dernière, le capitaine a voulu vérifier si l'ordonnance faisait son devoir. Il a ouvert la porte à deux heures pile et l'a trouvé affalé en train de dormir. Il est allé chercher sa cravache et l'en a frappé au visage. Or, au lieu de se lever et de demander pardon, l'homme a saisi son maître par les jambes, l'a secoué et lui a crié : « Jette cette cravache, ou je te bouffe. » – Voilà les faits. Le capitaine est venu me trouver voilà une heure, j'ai noté ses déclarations et j'y ai aussitôt ajouté la sentence. Puis j'ai fait mettre l'homme aux fers. Tout cela fut très simple. Si j'avais commencé par convoquer l'homme et par l'interroger, cela n'aurait fait que mettre la pagaille. Il aurait menti ; si j'étais arrivé à réfuter ses mensonges, il les aurait remplacés par d'autres, et ainsi de suite. Tandis que maintenant je le tiens et je ne le lâcherai pas. – Est-ce qu'à présent tout est expliqué ? Mais le temps passe, l'exécution devrait déjà commencer, et je n'ai pas encore fini d'expliquer l'appareil.

Il força le voyageur à se rasseoir, revint vers l'appareil et reprit :

– Comme vous voyez, la forme de la herse correspond à celle du corps humain ; voici la herse pour le torse, voilà les herses pour les jambes. Pour la tête, seul est prévu ce petit poinçon. C'est bien clair ?

Il se pencha aimablement vers le voyageur, prêt à fournir les plus amples explications.

Le voyageur regardait la herse en fronçant les sourcils. Les renseignements concernant la procédure ne l'avaient pas satisfait. Il était bien obligé de se dire qu'il s'agissait là d'une colonie pénitentiaire, que des règles particulières y étaient nécessaires et qu'en toute chose on devait s'y prendre de façon militaire. Mais en outre il mettait quelque espoir dans le nouveau commandant, qui avait manifestement l'intention d'introduire, à vrai dire lentement, une procédure nouvelle, qui ne pouvait entrer dans la tête obtuse de cet officier. C'est en songeant à cela que le voyageur demanda :

– Est-ce que le commandant assistera à l'exécution ?

– Ce n'est pas certain, dit l'officier froissé par cette question inopinée au point que sa mine affable se crispa. C'est bien pourquoi nous devons faire vite. Je vais même devoir abréger mes explications, à mon grand regret. Mais enfin demain, lorsque l'appareil aura été nettoyé – c'est son seul défaut de se salir à ce point –, je pourrai fournir un complément d'explications. Pour le moment, je me limite donc à ce qui est nécessaire. – Une fois que l'homme est sur le lit et que celui-ci se met à vibrer, la herse descend au contact du corps. D'elle-même, elle se place de façon à ne toucher le corps que de l'extrémité de ses pointes ; cette mise en place opérée, ce câble d'acier se tend aussitôt et devient une tige rigide. Dès lors, le jeu commence. Le profane ne fait, de l'extérieur, aucune différence entre les châtiments. La herse paraît travailler de façon uniforme. Elle enfonce en vibrant ses pointes dans le corps, qui lui-même vibre de surcroît avec le lit. Et pour permettre à tout un chacun de vérifier l'exécution de la sentence, la herse a été faite en verre. Cela a posé quelques problèmes techniques pour y fixer les aiguilles, mais après de nombreux essais on y est arrivé. Eh oui, nous n'avons pas craint de nous donner du mal. Et chacun désormais peut voir, à travers le verre, l'inscription s'exécuter dans le corps. Vous ne voulez pas vous approcher pour regarder les aiguilles ?

Le voyageur se leva lentement, s'avança et se pencha sur la herse.

– Vous voyez, dit l'officier, deux sortes d'aiguilles, disposées de multiples façons. Chaque aiguille longue est flanquée d'une courte. C'est que la longue inscrit, tandis que la courte projette de l'eau pour rincer le sang et maintenir l'inscription toujours lisible. L'eau mêlée de sang est ensuite drainée dans de petites rigoles et conflue finalement dans ce canal collecteur, dont le tuyau d'écoulement aboutit dans la fosse.

L'officier montrait précisément du doigt le trajet obligatoirement suivi par l'eau mêlée de sang. Lorsque, pour être aussi clair que possible, il fit le geste de la recueillir des deux mains à la bouche du tuyau d'écoulement, le voyageur redressa la tête et voulut, en tâtonnant d'une main derrière son dos, revenir à sa chaise. Il vit alors avec effroi que le condamné aussi s'était approché comme lui à l'invitation de l'officier pour voir de près comment était faite la herse. Il avait un peu tiré vers l'avant, par la chaîne, le soldat somnolent, et il s'était lui aussi penché sur le verre. On voyait qu'il cherchait lui aussi, d'un œil vague, ce que les deux messieurs étaient en train d'examiner, mais il n'y parvenait pas, puisque l'explication lui manquait. Il se penchait de ci, de là. Il ne cessait de parcourir des yeux ce verre. Le voyageur voulut le repousser, car ce qu'il faisait là était vraisemblablement répréhensible. Mais l'officier retint le voyageur d'une main ferme, prit de l'autre une motte de terre sur le talus et la lança sur le soldat. Celui-ci leva les yeux en sursautant, vit ce que le condamné avait osé faire, laissa choir son fusil et, se calant sur ses talons enfoncés dans le sol, tira si violemment le condamné en arrière que celui-ci s'étala d'un coup, le soldat le regardant alors de haut se débattre et faire sonner ses chaînes.

– Relève-le ! cria l'officier.

Car il s'apercevait que le voyageur était par trop distrait par le condamné. Le voyageur se penchait même par-dessus la herse sans se soucier d'elle, voulant seulement observer ce qui arrivait au condamné. L'officier cria encore :

– Traite-le avec soin !

En courant, il contourna l'appareil, puis saisit lui-même sous les bras le condamné dont les pieds s'obstinaient à glisser, et le remit debout avec l'aide du soldat.

– À présent, je sais tout, dit le voyageur quand l'officier revint vers lui.

– Sauf le plus important, dit l'officier en saisissant le voyageur par le bras et en l'invitant a regarder en l'air. La traceuse, là-haut, renferme le mécanisme qui commande les mouvements de la herse, et ce mécanisme est réglé par le dessin qui correspond au libellé de la sentence. Je continue d'utiliser les dessins de l'ancien commandant. Les voici, dit-il en tirant quelques feuillets du portefeuille de cuir, mais je ne puis malheureusement vous les laisser toucher, ils sont mon bien le plus cher. Asseyez-vous, je vais vous les montrer d'ici, vous verrez tout très bien.

Il montra le premier feuillet. Le voyageur aurait bien aimé avoir une parole aimable, mais il ne voyait que des lignes labyrinthiques qui s'entrecroisaient en tous sens et couvraient le papier de manière si dense qu'on avait peine à discerner des blancs entre elles.

– Lisez, dit l'officier.

– Je ne peux pas, dit le voyageur.

– C'est pourtant net, dit l'officier.

– C'est du beau travail, dit le voyageur pour s'en tirer, mais je ne puis pas le déchiffrer.

– Oui, dit l'officier en riant et en remettant le portefeuille dans sa poche, ce n'est pas un modèle d'écriture pour écoliers. Il faut prendre son temps pour la lire. Vous finiriez aussi par y voir clair. Il ne faut naturellement pas que ce soit une écriture simple ; car enfin elle n'est pas faite pour tuer tout de suite, mais en moyenne au bout de douze heures seulement ; le tournant est prévu pour la sixième heure. Il faut donc que l'inscription proprement dite soit assortie d'un très, très grand nombre d'enjolivures ; la véritable inscription n'entoure le torse que d'une étroite ceinture ; le reste du corps est prévu pour recevoir des ornements. Appréciez-vous maintenant à leur vraie valeur le travail de la herse et celui de tout l'appareil ? – Regardez donc.

Il bondit sur l'échelle, tourna une roue, cria d'en haut :

– Attention écartez-vous !

Et tout se mit en marche. Si la roue n'avait pas grincé, c'eût été magnifique. Comme surpris par cette roue rebelle, l'officier la menaca du poing, puis, pour s'excuser, leva les bras à l'adresse du voyageur, et redescendit prestement pour observer par en dessous la marche de l'appareil. Il y avait encore quelque chose qui clochait, et dont lui seul s'apercevait ; il regrimpa l'échelle, fourra les deux mains à l'intérieur de la traceuse, puis, pour redescendre plus vite, au lieu d'emprunter l'échelle, se laissa glisser le long d'un des montants et, pour se faire entendre dans le vacarme, cria de toute son énergie dans l'oreille du voyageur :

– Vous saisissez le fonctionnement ? La herse commence à écrire ; une fois que l'inscription a fait un premier passage sur le dos de l'homme, la couche d'ouate se déroule et fait lentement tourner le corps sur le côté, pour présenter à la herse une nouvelle surface. En même temps, les endroits lésés par l'inscription viennent s'appliquer sur la ouate qui, par la vertu d'une préparation spéciale, arrête aussitôt le saignement et prépare une deuxième administration, plus profonde, de l'inscription. Ces crochets-ci, au bord de la herse, arrachent ensuite la ouate des plaies lorsque le corps continue à tourner, ils l'expédient dans la fosse, et la herse a de nouveau du travail. Elle inscrit ainsi toujours plus profondément, douze heures durant. Les six premières heures, le condamné vit presque comme auparavant ; simplement, il souffre. Au bout de deux heures, on retire le tampon qu'il avait dans la bouche, car l'homme n'a plus la force de crier. Dans cette écuelle chauffée électriquement, près de sa tête, on met du riz bouilli chaud, que l'homme peut attraper avec sa langue, autant qu'il en a envie. Aucun ne manque cette occasion. Je ne pourrais en citer un seul, et mon expérience est longue. Ce n'est que vers la sixième heure qu'il n'a plus plaisir à manger. Alors, généralement, je m'agenouille là et j'observe le phénomène. L'homme avale rarement sa dernière bouchée, il se contente de la tourner dans sa bouche et il la crache dans la fosse. Il faut alors que je me baisse, sinon je la prends dans la figure. Mais comme l'homme devient alors silencieux, à la sixième heure ! L'intelligence vient au plus stupide. Cela débute autour des yeux. De là, cela s'étend. À cette vue, l'on serait tenté de se coucher avec lui sous la herse. Non qu'il se passe rien de plus, simplement l'homme commence à déchiffrer l'inscription, il pointe les lèvres comme s'il écoutait. Vous l'avez vu, il n'est pas facile de déchiffrer l'inscription avec ses yeux ; mais notre homme la déchiffre avec ses plaies. C'est au demeurant un gros travail ; il lui faut six heures pour en venir à bout. Mais alors la herse l'embroche entièrement et le jette dans la fosse, où il va s'aplatir dans un claquement sur la ouate et l'eau mêlée de sang. Justice est faite, alors, et le soldat et moi nous l'enfouissons.

Le voyageur avait penché l'oreille vers l'officier et, les mains dans les poches de sa veste, observait le travail de la machine. Le condamné aussi l'observait, mais sans comprendre. Il se baissait un peu et suivait les oscillations des aiguilles quand, sur un signe de l'officier, le soldat lui fendit au couteau, par-derrière, chemise et pantalon, qui du coup tombèrent ; l'homme voulut les rattraper pour cacher sa nudité, mais le soldat le souleva en l'air et le secoua pour faire tomber les derniers lambeaux de tissu. L'officier mit la machine en route et, dans le silence qui s'instaurait, le condamné fut couché sous la herse. On détacha les chaînes et, à leur place, on fixa les sangles ; il sembla tout d'abord que, pour le condamné, ce fût presque un soulagement. Et puis la herse descendit encore un peu plus bas, car l'homme était maigre. Quand les pointes le touchèrent, un frisson parcourut sa peau ; pendant que le soldat s'occupait de sa main droite, il tendit la gauche, sans savoir vers quoi ; mais c'était la direction où se trouvait le voyageur. L'officier regardait constamment le voyageur par côté, comme s'il cherchait à lire sur son visage l'impression que faisait sur lui cette exécution qu'il lui avait expliquée, au moins superficiellement.

La sangle destinée au poignet se rompit ; sans doute le soldat l'avait-il trop serrée. Il fallait que l'officier apporte son aide, le soldat lui montrait le bout de sangle déchiré. L'officier alla d'ailleurs le rejoindre et dit en tournant la tête vers le voyageur :

– La machine est très composite, il est fatal que ça lâche ou que ça casse ici ou là ; mais il ne faut pas pour autant se laisser troubler dans son jugement d'ensemble. La sangle, du reste, peut être remplacée sans délai ; je vais me servir d'une chaîne ; ce qui, à vrai dire, pour le bras droit, nuira à la douceur des oscillations.

Et, pendant qu'il mettait la chaîne, il dit encore :

– Les moyens pour entretenir la machine sont à présent très restreints. Sous l'ancien commandant, j'avais libre accès à une cagnotte exclusivement destinée à cet usage. Il existait ici un magasin où étaient rangées toutes les sortes possibles de pièces détachées. J'avoue que je les gaspillais presque, j'entends à l'époque, pas maintenant, comme le prétend le nouveau commandant, à qui tous les prétextes sont bons pour s'en prendre aux anciennes institutions. Il gère désormais lui-même la cagnotte de la machine et, si j'envoie chercher une sangle neuve, on va exiger que je produise à titre de preuve celle qui s'est déchirée, la neuve n'arrivera que dans dix jours, mais elle sera alors de moins bonne qualité et ne vaudra pas grand-chose. Et comment, entre-temps, je suis censé faire fonctionner la machine avec une sangle qui manque, cela personne ne s'en soucie.

Le voyageur réfléchissait : il est toujours fâcheux d'intervenir de façon décisive dans les affaires d'autrui. Il n'était pas membre de la colonie pénitentiaire, ni citoyen de l'État auquel elle appartenait. S'il prétendait condamner cette exécution, voire la contrecarrer, on pouvait lui dire : « Tu n'es pas d'ici, tais-toi. » Il n'aurait rien eu à répliquer à cela, il n'aurait pu qu'ajouter au contraire qu'en l'occurrence il ne se comprenait pas lui-même, car il ne voyageait que dans l'intention de voir, et non d'aller par exemple modifier l'organisation judiciaire en vigueur chez les autres. Seulement, là, il fallait avouer que les choses se présentaient de façon très tentante. L'iniquité de la procédure et l'inhumanité de l'exécution ne faisaient aucun doute. Nul ne pouvait supposer chez le voyageur quelque intérêt personnel, puisqu'il ne connaissait pas le condamné, qui n'était pas un compatriote, ni un être qui inspirât la moindre pitié. Le voyageur, pour sa part, avait les recommandations de hautes administrations, il avait été accueilli avec une extrême courtoisie et le fait qu'on l'eût convié à cette exécution semblait même suggérer qu'on le priait de porter un jugement sur cette juridiction. Or, c'était d'autant plus vraisemblable qu'il venait d'apprendre sans la moindre ambiguïté que le commandant n'était pas partisan de cette procédure et qu'il adoptait envers l'officier une attitude quasiment hostile.

Le voyageur entendit alors l'officier pousser un cri de rage. Il venait, non sans peine, de forcer le condamné à s'enfoncer dans la bouche le tampon d'ouate, quand l'homme fut saisi d'une irrépressible nausée et, fermant les yeux, vomit. L'officier se précipita pour le tirer en l'air et l'écarter du tampon, voulant lui tourner la tête vers la fosse ; mais c'était trop tard, les vomissures dégoulinaient déjà sur la machine.

– Tout ça, c'est la faute du commandant ! cria l'officier qui, face à l'appareil, secouait comme un dément ses montants de cuivre jaune. On me salit ma machine comme une porcherie, dit-il en montrant les dégâts au voyageur de ses mains tremblantes. J'ai pourtant passé des heures à tenter de faire comprendre au commandant qu'un jour avant l'exécution il ne fallait plus administrer de nourriture aux condamnés. Mais la tendance nouvelle est à la clémence, et elle est d'un autre avis. Les dames du commandant, avant qu'on emmène le condamné, lui bourrent le gosier de sucreries. Toute sa vie il s'est nourri de poissons puants, et voilà qu'il lui faut manger des sucreries ! Mais enfin ce serait possible, je n'y verrais pas d'objection, mais pourquoi ne fournit-on pas un nouveau tampon, comme je le sollicite depuis trois mois ? Comment peut-on se mettre dans la bouche sans répugnance ce tampon que plus de cent hommes à l'agonie ont sucé et mordu ?

Le condamné avait reposé sa tête et semblait apaisé ; le soldat s'occupait de nettoyer la machine avec la chemise du condamné. L'officier alla vers le voyageur, que quelque pressentiment fit reculer d'un pas, mais l'officier le saisit par la main et l'entraîna à l'écart.

– Je souhaite vous dire quelques mots en confidence, dit-il, vous m'y autorisez ?

– Certes, dit le voyageur en écoutant les yeux baissés.

– Cette procédure et cette exécution que vous avez présentement l'occasion d'admirer n'ont plus actuellement dans notre colonie de partisans déclarés. Je suis le seul à les défendre, et du même coup le seul à défendre l'héritage de l'ancien commandant. Je ne saurais songer à développer encore cette procédure, j'use toutes mes énergies pour conserver ce qui existe déjà. Du vivant de l'ancien commandant, la colonie regorgeait de ses partisans ; sa force de conviction, je l'ai pour une part, mais je suis complètement dépourvu du pouvoir qui était le sien ; du coup, ses partisans se sont faits tout petits ; il en existe encore beaucoup, mais aucun ne l'avoue. Si aujourd'hui, donc un jour d'exécution, vous allez à la maison de thé et que vous y écoutiez les conversations, vous n'entendrez peut-être que des propos ambigus. Ce sont tous des partisans, mais sous l'actuel commandant, et compte tenu de ses conceptions actuelles, ils me sont tout à fait inutiles. Et à présent je vous le demande : est-ce qu'à cause de ce commandant et de ses femmes qui l'influencent cette œuvre de toute une vie doit être anéantie (il montrait la machine)? A-t-on le droit de laisser faire cela ? Même lorsqu'on est étranger et de passage sur notre île pour quelques jours ? Or, il n'y a pas de temps à perdre, on prépare quelque chose contre ma compétence juridictionnelle ; déjà des conciliabules se tiennent dans le bâtiment de commandement, auxquels je ne suis pas convié ; même votre visite d'aujourd'hui me semble révélatrice de toute cette situation ; on est lâche et l'on vous envoie en première ligne, vous qui êtes étranger. – Ah, comme l'exécution était différente, dans le temps ! Un jour à l'avance, tout le vallon était déjà plein de monde ; rien que pour voir cela, tout le monde venait ; de bon matin, le commandant faisait son apparition, entouré de ses dames ; des fanfares réveillaient le camp tout entier ; je me présentais au rapport et annonçais que tout était paré ; le public de qualité — il n'était pas question qu'il manque un seul fonctionnaire d'autorité – prenait place autour de la machine ; ce tas de fauteuils en rotin est un pitoyable vestige de cette époque. La machine, fraîchement astiquée, brillait ; pour chaque exécution ou presque, j'avais perçu des pièces détachées neuves. Devant des centaines d'yeux – tous les spectateurs se haussaient sur la pointe des pieds, jusqu'en haut des pentes –, c'était le commandant lui-même qui couchait le condamné sous la herse. Ce qu'a le droit de faire aujourd'hui un simple soldat, c'était alors mon office, en ma qualité de président du tribunal, et j'en étais honoré. Et alors, l'exécution commençait ! Aucune fausse note ne troublait le travail de la machine. Bien des gens ne regardaient plus, dès lors, mais restaient couchés dans le sable, les yeux clos ; ils savaient tous qu'à cet instant justice était en train de se faire. Dans le silence, on n'entendait que le gémissement du condamné, assourdi par le tampon. Aujourd'hui, la machine ne parvient plus à arracher au condamné un gémissement plus fort que ce que peut encore étouffer le tampon ; mais à l'époque, les aiguilles émettaient tout en écrivant un liquide corrosif qu'on n'a plus le droit d'employer aujourd'hui. Et puis alors venait la sixième heure ! Impossible alors d'accéder à la prière de tous ceux qui voulaient regarder de près. Le commandant, dans sa sagesse, avait décrété qu'il fallait donner la préférence aux enfants ; pour ma part, à vrai dire, mon office me donnait toujours le droit d'être là ; souvent j'étais accroupi là-bas, tenant un enfant dans chaque bras. Comme nous recueillions tous l'expression transfigurée que prenait le visage martyrisé, comme nous tendions nos joues pour les exposer à la lumière de cette justice enfin atteinte et déjà éphémère ! C'était le bon temps, camarade !

L'officier avait manifestement oublié à qui il avait affaire ; il avait saisi le voyageur dans ses bras et avait posé sa tête sur son épaule. Le voyageur était très embarrassé : il jetait des regards impatients par-dessus la tête de l'officier. Le soldat avait achevé son travail de nettoyage et venait juste de verser encore du riz bouilli d'une boîte métallique dans l'écuelle. À peine le condamné, apparemment tout à fait remis, s'en aperçut-il qu'il se mit à vouloir laper le riz avec sa langue. Le soldat ne cessait de le repousser, car le riz était sans doute prévu pour plus tard, mais il était en tout cas inconvenant aussi qu'il y plongeât ses mains sales pour en manger sous le nez du condamné affamé.

L'officier se ressaisit vite :

– Ne croyez pas que j'aie voulu vous émouvoir, dit-il, je sais qu'il est impossible de faire comprendre aujourd'hui ce qu'était ce temps-là. Du reste, la machine travaille toujours et marche toute seule. Elle marche même si elle se dresse toute seule dans ce vallon. Et le corps tombe toujours pour finir dans la fosse, en un vol plané d'une incompréhensible douceur, même s'il n'y a pas, comme à l'époque, des centaines de gens rassemblés comme des mouches autour de la fosse. En ce temps-là, il nous fallait disposer autour de la fosse une solide rambarde, elle est arrachée depuis longtemps.

Le voyageur voulait dérober son visage à l'officier et regardait n'importe où alentour. L'officier crut qu'il considérait le vallon désert ; il lui saisit donc les mains, le contourna pour capter ses regards et demanda :

– Vous remarquez cette honte ?

Mais le voyageur se taisait. L'officier le lâcha pour un petit moment ; jambes écartées, les mains sur les hanches, il se tint coi en regardant à terre. Puis il adressa au voyageur un sourire d'encouragement et dit :

– J'étais près de vous, hier, quand le commandant vous a invité. J'ai entendu l'invitation. Je connais le commandant. J'ai tout de suite compris le but qu'il poursuivait en vous invitant. Quoique son pouvoir soit assez grand pour qu'il puisse prendre des mesures contre moi, il n'ose pas encore le faire, mais il entend bien m'exposer à votre jugement, au jugement d'un hôte de marque. Son calcul est minutieux ; c'est le deuxième jour que vous êtes dans l'île, vous n'avez pas connu l'ancien commandant ni ses idées, vous êtes prisonnier de conceptions européennes, peut-être êtes-vous hostile par principe à la peine de mort en général, et en particulier à une méthode mécanique d'exécution comme celle-ci, vous voyez de surcroît cette exécution se dérouler dans l'indifférence générale, tristement, sur une machine déjà quelque peu détériorée... : eh bien, si l'on fait la somme de tout cela – pense le commandant –, ne serait-il pas fort possible que vous n'approuviez pas mon procédé ? Et si vous ne l'approuvez pas – je parle toujours dans l'esprit du commandant –, vous ne manquerez pas de le dire, car enfin vous vous fiez à vos convictions maintes fois confirmées. Il est vrai que vous avez vu et appris à respecter bien des singularités chez bien des peuples, aussi ne vous prononcerez-vous sans doute pas avec toute l'énergie que vous y auriez peut-être mise dans votre pays. Mais le commandant n'en demande pas tant. Un mot en passant, simplement imprudent, lui suffit. Il n'est nullement nécessaire que ce mot corresponde à votre conviction, pourvu qu'il ait seulement l'air d'aller dans le sens de ce qu'il souhaite. Il vous pressera des questions les plus perfides, j'en suis certain. Et ses dames seront là assises en cercle et dresseront l'oreille ; vous direz par exemple : « Chez nous, la procédure est différente », ou bien « Chez nous, on interroge l'accusé avant de prononcer la sentence », ou bien « Chez nous, le condamné a connaissance du verdict », ou bien « Chez nous, il existe encore d'autres peines que la peine de mort », ou bien « Chez nous, il n'y a eu des tortures qu'au Moyen Âge ». Autant de propos qui sont tout aussi pertinents qu'ils vous semblent naturels, des propos anodins, qui ne touchent pas mon procédé. Seulement, comment seront-ils pris par le commandant ? Je le vois d'ici, ce bon commandant, je le vois repousser aussitôt sa chaise et se précipiter sur le balcon, je vois le flot de ses dames qui le suivent, j'entends sa voix – ces dames la qualifient de tonitruante –, et le voilà qui parle : « Un grand spécialiste occidental, chargé d'examiner les procédures judiciaires dans tous les pays, vient de déclarer que notre façon de procéder selon l'usage ancien est inhumaine. Après ce jugement porté par une telle personnalité, il ne m'est naturellement plus possible de tolérer un tel procédé. À compter de ce jour, donc, je décrète..., etc. » Vous voulez intervenir, vous n'avez pas dit ce qu'il proclame, vous n'avez pas qualifié mon procédé d'inhumain, au contraire, votre intuition profonde vous le fait considérer comme le plus humain et le plus humanitaire qui soit, vous admirez d'ailleurs cette machinerie..., mais c'est trop tard ; vous ne parvenez pas sur le balcon, déjà tout plein de dames ; vous voulez attirer l'attention ; vous voulez crier ; mais une main de dame vous ferme la bouche..., et me voilà perdu, comme est perdue l'œuvre de l'ancien commandant.

Le voyageur dut réprimer un sourire ; elle était donc si simple, la tâche qu'il avait crue si difficile. Il répondit évasivement :

– Vous surestimez mon influence ; le commandant a lu ma lettre de recommandation, il sait que je ne m'y connais pas en procédures judiciaires. Si je formulais une opinion, ce serait l'opinion d'un particulier, nullement plus décisive que l'opinion de n'importe qui, et en tout cas beaucoup moins décisive que l'opinion du commandant qui, à ce que je crois savoir, dispose dans cette colonie pénitentiaire de droits très étendus. Si son opinion sur ce procédé est aussi arrêtée que vous le croyez, alors j'ai bien peur que la fin n'en soit arrivée, sans qu'il soit besoin de mon modeste renfort.

L'officier comprenait-il déjà ? Non, il ne comprenait pas encore. Il secoua énergiquement la tête, jeta un bref coup d'œil en arrière vers le condamné et le soldat, qui sursautèrent et s'écartèrent du riz, s'approcha tout près du voyageur et, sans le regarder en face mais en fixant un endroit quelconque de sa veste, dit à voix plus basse qu'auparavant :

– Vous ne connaissez pas le commandant ; face à lui et à nous tous, vous avez – pardonnez l'expression – quelque chose d'inoffensif ; votre influence, croyez-moi, est immense. J'ai été ravi d'apprendre que vous seul assisteriez à l'exécution. Le commandant entendait me porter tort en prenant cette disposition, mais à présent je la retourne à mon avantage. À l'abri des insinuations perfides et des regards condescendants – que vous n'auriez pu manquer de subir s'il y avait eu plus de monde à l'exécution –, vous avez écouté mes explications et vu la machine, et vous voilà sur le point d'assister à l'exécution. Votre jugement est sûrement déjà arrêté ; au cas où subsisteraient de petites incertitudes, la vue de l'exécution les balaiera. Et maintenant je vous adresse cette prière : aidez-moi, face au commandant !

Le voyageur ne le laissa pas poursuivre :

– Comment pourrais-je ? dit-il. C'est tout à fait impossible. Je ne peux pas plus vous être utile que je ne puis vous porter tort.

– Vous le pouvez ! dit l'officier, et le voyageur vit non sans crainte qu'il serrait les poings. Vous le pouvez, répéta-t-il avec plus d'insistance. J'ai un plan, qui ne peut que réussir. Vous croyez que votre influence ne suffit pas. Je sais, moi, qu'elle suffit. Mais en admettant que vous ayez raison, ne faut-il pas, pour préserver ce procédé, tout essayer, même les moyens éventuellement insuffisants ? Écoutez donc mon plan. Son application exige avant tout qu'aujourd'hui, dans la colonie, vous soyez le plus discret possible sur le jugement que vous portez sur le procédé. Si l'on ne vous pose pas carrément la question, interdisez-vous de vous exprimer ; et si vous le faites, que ce soit de façon brève et vague ; il faut qu'on remarque qu'il vous est pénible d'en parler, que vous êtes irrité et que, si vous deviez parler franchement, vous ne pourriez qu'éclater en véritables imprécations. Je ne vous demande pas de vous obliger à mentir ; pas le moins du monde ; il faut seulement que vous répondiez brièvement, par exemple : « Oui, j'ai vu l'exécution », ou bien « Oui, j'ai écouté toutes les explications ». Seulement cela, rien de plus. L'irritation qu'on devra noter chez vous ne manque pas de motifs, même s'ils ne sont pas du goût du commandant. Lui, naturellement, se méprendra complètement et c'est à son goût qu'il les interprétera. C'est là-dessus que table mon plan. Demain se tient dans le bâtiment de commandement, sous la présidence du commandant, une grande réunion de tous les fonctionnaires de haut rang. Le commandant s'est naturellement arrangé pour transformer ce genre de séance en spectacle. On a construit une galerie, qui est toujours pleine de spectateurs. Je suis contraint de prendre part à ces conseils, mais j'en frémis de répugnance. Or, vous serez, en tout état de cause, certainement convié à cette séance ; si vous vous comportez aujourd'hui selon mon plan, cette invitation se muera en une prière instante. Mais au cas où, pour quelque raison inimaginable, vous ne seriez tout de même pas invité, il faudrait à vrai dire que vous demandiez à l'être ; il ne fait aucun doute qu'alors on vous inviterait. Vous voilà donc demain assis avec les dames dans la loge du commandant. Il s'assure, en levant fréquemment les yeux, que vous êtes bien là. Après qu'ont été traités divers points dérisoires, calculés uniquement en fonction de l'auditoire – généralement il s'agit de constructions portuaires, encore et toujours de constructions portuaires ! –, la procédure judiciaire vient aussi sur le tapis. Si le commandant n'y veillait pas, ou pas assez vite, je ferai le nécessaire pour qu'on y vienne. Je me lèverai et rendrai compte de l'exécution d'aujourd'hui. Très brièvement, en m'en tenant à rapporter le fait. À vrai dire, ce n'est pas l'habitude en ce lieu, mais je le ferai cependant. Le commandant me remercie, comme toujours, avec un sourire affable, et alors il ne peut s'en empêcher, il saisit l'occasion : « On vient, dira-t-il ou à peu près, de nous rendre compte que l'exécution a eu lieu. À ce bref rapport, j'aimerais seulement ajouter que cette exécution, précisément, a eu lieu en présence du grand savant dont vous savez tous quel honneur exceptionnel sa visite représente pour notre colonie. Notre réunion d'aujourd'hui voit elle aussi sa signification rehaussée par cette présence. Eh bien, pourquoi ne pas interroger ce grand savant sur la manière dont il juge cette exécution conforme à l'usage ancien, ainsi que la procédure préalable ? » Naturellement, applaudissements sur tous les bancs, approbation générale, je serai moi-même le plus bruyant. Le commandant s'incline vers vous et dit : « Alors, je vous pose cette question en notre nom à tous. » Et, alors, vous vous avancez jusqu'à la balustrade. Vous y posez vos mains bien à la vue de tous, sinon les dames les saisiraient et joueraient avec vos doigts. – Et maintenant, enfin, vous avez la parole. Je ne sais comment je vais supporter la tension des heures qui vont suivre jusque-là. Dans votre discours, il ne faut pas vous imposer de limites, faites retentir la vérité, penchez-vous par-dessus la balustrade, hurlez, mais oui, hurlez au commandant votre opinion, votre opinion inébranlable. Mais peut-être que vous ne voulez pas cela, que cela ne correspond pas à votre caractère, peut-être que dans votre pays on se comporte différemment en pareille situation, voilà qui est très bien aussi, voilà qui suffit parfaitement, ne vous levez pas, dites seulement quelques mots, chuchotez-les de manière qu'ils soient juste entendus des fonctionnaires qui se trouveront en dessous de vous, cela suffit, il n'est nullement nécessaire que vous évoquiez vous-même l'absence de public lors de l'exécution, le grincement de la roue, la rupture de la sangle, l'état répugnant du tampon, non, tout le reste je m'en charge, et croyez-moi, si mon discours ne le chasse pas hors de la salle, il le mettra à genoux et le forcera à confesser : « Ancien commandant, je m'incline devant toi. » – Voilà mon plan ; voulez-vous m'aider à l'appliquer ? Mais naturellement que vous le voulez ; mieux encore, vous ne pouvez faire autrement.

Et l'officier saisit le voyageur par les deux bras et le regarda en face en respirant bruyamment. Il avait crié si fort ses dernières phrases que même le soldat et le condamné avaient dressé l'oreille ; quoiqu'ils fussent incapables de comprendre, ils avaient cessé de manger et, tout en mastiquant, regardaient en direction du voyageur.

La réponse que celui-ci avait à donner ne faisait aucun doute depuis le début ; il en avait trop vu au cours de sa vie pour pouvoir à présent balancer ; il était foncièrement honnête et il n'avait pas peur. Cependant, à présent, sous le regard du soldat et du condamné, il hésita le temps de prendre son souffle. Mais finalement il dit comme il devait nécessairement le dire :

– Non.

L'officier cligna plusieurs fois des yeux, mais ne détourna pas le regard.

– Voulez-vous une explication ? demanda encore le voyageur.

L'officier opina en silence.

– Je suis hostile à ce procédé, dit alors le voyageur. Avant même que vous ne vous soyez confié à moi – et cette confiance, naturellement, je n'en abuserai pour rien au monde –, je m'étais déjà demandé si j'avais le droit d'intervenir contre ce procédé, et si mon intervention aurait la moindre chance de succès. À qui je devais d'abord m'adresser en l'occurrence, c'était évident : au commandant, naturellement. Vous m'avez encore confirmé cette évidence, mais sans nullement conforter ma résolution, au contraire, votre conviction sincère me touche, même si elle ne saurait entamer la mienne.

L'officier garda le silence, se tourna vers la machine, saisit l'un des montants de cuivre jaune et, se penchant un peu en arrière, leva les yeux vers la traceuse comme pour vérifier que tout était en bon ordre. Le soldat et le condamné paraissaient s'être liés d'amitié ; le condamné faisait des signes au soldat, si difficile que cela fût à cause des sangles qui le maintenaient ; le soldat se penchait vers lui ; le condamné lui chuchotait quelque chose, et le soldat opinait.

Le voyageur suivit l'officier et dit :

– Vous ne savez toujours pas ce que j'ai l'intention de faire. Je vais donner au commandant mon avis sur ce procédé, mais non pas lors d'une réunion : entre quatre yeux ; je ne vais d'ailleurs pas rester ici assez longtemps pour qu'on puisse me convier à aucune réunion ; je pars dès demain matin, ou du moins je m'embarque.

L'officier ne semblait pas avoir écouté :

– Le procédé ne vous a donc pas convaincu, dit-il en se parlant à lui-même et en souriant comme sourit un vieux de la sottise d'un enfant, en n'en pensant pas moins. Alors, il est donc temps.

En proférant cette conclusion, il tourna soudain vers le voyageur des yeux clairs où se lisait quelque invite ou quelque appel à y mettre du sien.

– Il est temps de quoi faire ? dit le voyageur inquiet, mais sans obtenir de réponse.

– Tu es libre, dit l'officier au condamné dans sa langue.

L'homme n'y croyait pas, tout d'abord.

– Eh bien, tu es libre ! répéta l'officier.

Pour la première fois, la face du condamné exprimait vraiment la vie. Était-ce la vérité ? Était-ce, de la part de l'officier, un caprice peut-être passager ? Était-ce le voyageur étranger qui avait obtenu sa grâce ? C'était quoi ? Voilà ce que semblait demander cette face. Mais pas longtemps. Quoi que ce fût, l'homme voulait être libre pour de bon, si on l'y autorisait, et il se mit à se secouer autant que le permettait la herse.

– Tu m'arraches les sangles ! cria l'officier. Tiens-toi tranquille, on va les détacher.

Et, faisant signe au soldat, il se mit avec lui au travail. Le condamné riait silencieusement pour lui seul, sans dire mot, tournant sa face tantôt vers l'officier sur sa gauche, tantôt vers le soldat sur sa droite, sans oublier non plus le voyageur.

– Tire-le de là, ordonna l'officier au soldat.

Il y fallait quelque précaution, à cause de la herse. Le condamné, du fait de son impatience, avait déjà sur le dos quelques petites écorchures.

Dès lors, l'officier ne se soucia plus guère de lui. Il alla vers le voyageur, exhiba de nouveau le petit portefeuille de cuir, en feuilleta le contenu, trouva enfin la feuille qu'il cherchait, et la tendit au voyageur :

– Lisez, lui dit-il.

– Je ne peux pas, dit le voyageur, je vous l'ai déjà dit, je ne peux pas lire ces feuilles.

– Mais regardez donc la feuille de plus près, dit l'officier en s'approchant pour lire avec le voyageur.

Comme cela ne servait à rien non plus, il suivit de très haut, avec le petit doigt, les dessins du papier, comme s'il fallait à tout prix éviter d'y toucher, mais pour tout de même en faciliter la lecture au voyageur. Lequel se donnait d'ailleurs de la peine, pour faire à l'officier ce plaisir-là au moins, mais il n'y avait rien à faire. Alors l'officier se mit à épeler l'inscription, puis il la relut tout d'un trait :

– « Sois juste », voilà ce qu'elle dit. À présent, tout de même, vous la lisez.

Le voyageur se pencha tellement près du papier que l'officier l'écarta, de peur que l'autre le touche ; or, le voyageur ne dit rien de plus, mais il était évident qu'il n'avait toujours rien pu lire.

– Sois juste, voilà ce qui est écrit, dit encore l'officier.

– C'est bien possible, dit le voyageur, je veux bien croire que c'est écrit là.

– Enfin, bon ! dit l'officier au moins partiellement satisfait.

Et, la feuille à la main, il gravit l'échelle ; avec d'infinies précautions, il disposa la feuille à plat dans la traceuse et se mit à modifier, apparemment du tout au tout, le réglage du mécanisme ; c'était un très gros travail, et il devait s'agir de tout petits rouages, parfois la tête de l'officier disparaissait entièrement dans la traceuse, tant il devait examiner de près le mécanisme.

Le voyageur, d'en bas, suivait ce travail sans désemparer, il commençait à avoir le cou raide et les yeux qui lui faisaient mal, tant le ciel était inondé de soleil. Le soldat et le condamné étaient exclusivement occupés l'un de l'autre. La chemise et le pantalon du condamné, qui avaient déjà atterri dans la fosse, y étaient repêchés par le soldat, à la pointe de sa baïonnette. La chemise était affreusement sale, et le condamné la lava dans le seau d'eau. Lorsque ensuite il enfila chemise et pantalon, le soldat et lui ne se tinrent plus de rire, car enfin ces vêtements étaient par-derrière fendus en deux. Peut-être que le condamné se sentait obligé d'amuser le soldat, car il virevoltait devant lui dans ses hardes, tandis que l'autre, agenouillé par terre, se tapait sur les cuisses en riant. Ils se ressaisirent tout de même enfin par égard pour la présence de ces messieurs.

Quand l'officier, là-haut, eut enfin fini, il parcourut encore d'un regard souriant toutes les parties de l'ensemble, referma cette fois le couvercle de la traceuse qui était jusque-là resté levé, redescendit, regarda au fond de la fosse et puis en direction du condamné, nota avec satisfaction que ce dernier avait récupéré ses vêtements, se dirigea ensuite vers le seau pour se laver les mains, en constata trop tard la repoussante saleté, s'attrista de ne pouvoir donc s'y laver les mains, les plongea finalement – sans que cette solution de remplacement lui convînt, mais il fallait faire contre mauvaise fortune bon cœur – dans le sable, puis se redressa et se mit à déboutonner sa vareuse d'uniforme. Ce faisant, il reçut d'abord dans les mains les deux mouchoirs de dame qui étaient coincés dans son col.

– Tiens tes mouchoirs ! dit-il en les lançant au condamné, et il ajouta en guise d'explication à l'adresse du voyageur : Cadeau des dames !

En dépit de la hâte manifeste qu'il mettait à déboutonner sa vareuse, puis à se déshabiller entièrement, il maniait néanmoins chaque vêtement avec le plus grand soin, et même il lissa du doigt, tout spécialement, les cordelières d'argent de sa vareuse, tapotant même un gland pour qu'il tombât d'aplomb. Ce qui à vrai dire n'allait guère avec tant de méticulosité, c'est qu'à peine en avait-il fini avait une pièce de vêtement qu'il la jetait d'un geste hargneux dans la fosse. Pour finir, il ne lui resta plus que sa courte épée avec sa bretelle. Il tira l'épée du fourreau, la brisa en deux, puis en saisit tout à la fois les morceaux, le fourreau et la bretelle, et les jeta si violemment qu'ils allèrent tinter les uns contre les autres au fond de la fosse.

Il était maintenant nu. Le voyageur se mordit les lèvres et ne dit rien. Il savait bien ce qui allait arriver, mais il n'avait aucun droit d'empêcher l'officier de faire quoi que ce fût. Si effectivement cette procédure judiciaire à laquelle l'officier était attaché était si près d'être abolie – éventuellement à la suite d'une intervention à laquelle le voyageur se sentait pour sa part tenu –, alors l'officier se comportait à présent de façon tout à fait judicieuse ; le voyageur, à sa place, n'aurait pas agi autrement.

Le soldat et le condamné ne comprirent tout d'abord rien, au début ils ne regardèrent même pas. Le condamné était très content d'avoir récupéré les mouchoirs, mais il n'eut pas loisir de s'en réjouir longtemps, car le soldat les lui chipa d'un geste vif et imprévisible. Alors, le condamné tenta de les lui reprendre, coincés qu'ils étaient sous le ceinturon du soldat, mais celui-ci était vigilant. Ils se disputaient ainsi, à moitié pour rire. Ce n'est que quand l'officier fut entièrement nu qu'ils devinrent attentifs. Le condamné, en particulier, parut être frappé par le pressentiment de quelque grand revirement. Ce qui lui était arrivé à lui arrivait maintenant à l'officier. Peut-être que les choses allaient être poussées jusqu'à leur terme extrême. C'était vraisemblablement le voyageur étranger qui en avait donné l'ordre. C'était donc la vengeance. Sans avoir lui-même souffert jusqu'au bout, voilà qu'on le vengeait tout de même jusqu'au bout. Un grand rire silencieux se peignit alors sur sa face et n'en disparut plus.

L'officier, lui, s'était tourné vers la machine. S'il était déjà clair auparavant qu'il la comprenait bien, la façon dont maintenant il la maniait et dont elle lui obéissait avait quasiment de quoi vous sidérer. Il n'avait fait qu'approcher sa main de la herse, et elle monta et descendit plusieurs fois jusqu'à atteindre la bonne position pour l'accueillir ; il ne saisit le lit que par son rebord, et déjà il se mettait à vibrer ; le tampon vint au-devant de la bouche de l'officier, on vit que celui-ci n'en voulait pas vraiment, mais son hésitation ne dura qu'un instant, il se soumit bien vite et prit le tampon dans sa bouche. Tout était paré, seules les sangles pendaient encore par côté, mais elles étaient manifestement inutiles, l'officier n'avait pas besoin d'être attaché. C'est alors que le condamné remarqua ces sangles lâches, à son avis l'exécution n'était pas parfaite si elles n'étaient pas bouclées, il adressa au soldat un signe pressant, et ils coururent tous deux ligoter l'officier. Celui-ci avait déjà tendu un pied pour donner une poussée à la manivelle qui mettrait en marche la traceuse ; il vit alors que les deux autres s'étaient approchés ; il ramena donc son pied et se laissa attacher. Seulement, maintenant, il ne pouvait plus atteindre la manivelle ; ni le soldat ni le condamné ne la trouveraient, et le voyageur était résolu à ne pas bouger. Ce ne fut pas nécessaire ; à peine les sangles étaient-elles en place que déjà la machine se mettait au travail ; le lit vibrait, les aiguilles dansaient sur la peau, la herse volait, tour à tour montant et descendant. Le voyageur regardait fixement depuis un moment déjà quand il se rappela qu'un rouage de la traceuse aurait dû grincer ; mais tout était silencieux, on n'entendait pas le moindre ronronnement.

Par ce travail silencieux, la machine se dérobait littéralement à l'attention. Le voyageur regarda du côté du soldat et du condamné. C'était le condamné qui était le plus vif, tout l'intéressait dans cette machine, tantôt il se baissait, tantôt il s'étirait, sans cesse il avait l'index tendu pour montrer quelque chose au soldat. Le voyageur en était gêné. Il était résolu à rester là jusqu'au bout, mais il n'aurait pu supporter longtemps la vue des deux autres.

– Rentrez chez vous, dit-il.

Peut-être que le soldat y aurait été disposé, mais le condamné ressentit cet ordre comme une véritable punition. Il supplia en se lamentant, les mains jointes, qu'on le laissât rester, et comme le voyageur secouait la tête et refusait de céder, il se jeta même à genoux. Le voyageur vit que les ordres n'avançaient à rien, et il s'apprêtait à s'approcher des deux hommes pour les chasser. Il entendit alors un bruit, en haut, dans la traceuse. Il leva les yeux. Est-ce que cette roue dentée faisait tout de même des siennes ? Mais il s'agissait d'autre chose. C'était le couvercle de la traceuse qui se soulevait lentement, puis qui s'ouvrit tout grand. Les crans d'une roue dentée se montrèrent et se soulevèrent, bientôt apparut le rouage tout entier, c'était comme si quelque force puissante comprimait la traceuse de telle sorte qu'il n'y avait plus place pour ce rouage, lequel roula jusqu'au bord de la traceuse, tomba, fit un bref trajet sur le sable en se maintenant à peu près droit, puis tomba à plat. Mais déjà, là-haut, il en surgissait un autre, beaucoup suivaient, des grands, des petits et des minuscules, tous connaissaient le même sort, on croyait toujours que cette fois la traceuse était sûrement déjà vidée, alors apparaissait un nouveau groupe, particulièrement nombreux, qui surgissait, tombait, filait sur le sable et tombait à plat. Ce phénomène fit complètement oublier au condamné l'ordre du voyageur, ces roues dentées le ravissaient entièrement, il voulait sans cesse en attraper une, il incitait en même temps le soldat à l'aider, mais il retirait la main avec effroi, car il arrivait aussitôt une autre roue qui l'effrayait, du moins au premier instant de sa course.

Le voyageur, en revanche, était très inquiet ; la machine était manifestement en train de se désagréger ; sa marche tranquille était une illusion ; il eut le sentiment de devoir maintenant prendre en charge l'officier, qui ne pouvait plus veiller sur lui-même. Mais pendant que la chute des roues dentées avait retenu toute son attention, il avait négligé de surveiller le reste de la machine ; or, quand la dernière roue dentée eut quitté la traceuse et qu'il se pencha sur la herse, il eut alors une nouvelle surprise, encore plus fâcheuse. La herse n'écrivait pas, elle ne faisait que piquer, et le lit ne faisait pas rouler le corps, il le soulevait seulement en vibrant et en l'enfonçant dans les aiguilles. Le voyageur voulut intervenir, stopper tout éventuellement, car enfin ce n'était pas le supplice qu'avait recherché l'officier, c'était du meurtre immédiat. Il tendit les mains. Mais voici déjà que la herse se levait par côté, avec le corps embroché, comme d'habitude elle ne le faisait qu'au bout de douze heures. Le sang coulait en cent ruisseaux, non mêlé d'eau, les petits tuyaux à eau étaient cette fois tombés en panne aussi. Et puis, ultime panne : le corps ne se détachait pas des longues aiguilles, il perdait à flot tout son sang, mais restait suspendu au-dessus de la fosse sans tomber. La herse s'apprêtait déjà à reprendre son ancienne position, mais, comme si elle avait noté qu'elle n'était pas encore débarrassée de sa charge, elle demeura tout de même au-dessus de la fosse.

– Aidez-moi donc ! cria le voyageur en direction du soldat et du condamné, en empoignant lui-même les pieds de l'officier.

Il voulait faire pression sur les pieds, tandis qu'à l'autre bout les deux hommes saisiraient la tête de l'officier, de sorte qu'on le détacherait lentement des aiguilles. Mais voilà que ces deux-là ne pouvaient se résoudre à venir ; le condamné se détournait carrément ; il fallut que le voyageur aille jusqu'à eux et les pousse de force vers la tête de l'officier. Ce faisant, il vit presque malgré lui le visage du cadavre. Il était tel que du vivant de l'officier ; on ne découvrait pas signe de la grâce promise ; ce que tous les autres avaient trouvé dans la machine, l'officier ne l'y trouvait pas ; les lèvres étaient étroitement serrées, les yeux étaient ouverts, avaient l'expression de la vie, le regard était calme et convaincu, le front était traversé par la pointe du grand aiguillon de fer.

Lorsque le voyageur, avec le soldat et le condamné derrière lui, parvint aux premières maisons de la colonie, le soldat montra l'une d'elles et dit :

– C'est là, la maison de thé.

Au rez-de-chaussée d'une maison se trouvait un local profond, bas, caverneux, dont parois et plafond étaient noirs de fumée. Côté rue, il était ouvert sur toute sa largeur. Bien que cette maison de thé se distinguât peu des autres maisons de la colonie, toutes très délabrées à l'exception des palais que semblaient être les bâtiments du commandement, elle faisait tout de même sur le voyageur l'impression d'un vestige historique, et il ressentit la puissance des temps anciens. Il s'en approcha et, suivi de ses compagnons, passa entre les tables vides disposées dans la rue devant la maison de thé, et huma l'air froid et renfermé qu'exhalait l'intérieur.

– Le vieux est enterré là, dit le soldat, le prêtre lui a refusé une place au cimetière. On a hésité quelque temps sur l'endroit où il fallait l'enterrer, finalement on l'a mis ici. Ça, l'officier ne vous en a sûrement pas parlé, car c'est naturellement de ça qu'il avait le plus honte. Il a même tenté plusieurs fois, de nuit, de déterrer le vieux, mais il s'est toujours fait chasser.

– Où est la tombe ? dit le voyageur, qui ne pouvait croire le soldat.

Aussitôt ils se précipitèrent tous deux en avant, le soldat comme le condamné, et tendirent les mains pour indiquer où devait se trouver la tombe. Ils emmenèrent le voyageur jusqu'au mur du fond, près duquel des clients étaient assis à quelques tables. C'étaient vraisemblablement des gens qui travaillaient sur le port, des hommes robustes aux barbes noires brillantes et taillées court. Tous étaient sans veste, leurs chemises étaient déchirées, c'étaient des pauvres et des humiliés. À l'approche du voyageur, certains se levèrent, se pressèrent contre le mur et le regardèrent venir.

– C'est un étranger, chuchotait-on alentour, il veut voir la tombe.

Ils écartèrent l'une des tables, sous laquelle se trouvait effectivement une pierre tombale. C'était une dalle sobre, suffisamment plate pour pouvoir être dissimulée sous une table. Elle portait une inscription en très petits caractères, le voyageur dut s'agenouiller pour la lire. Elle disait : « Ci-gît l'ancien commandant. Ses fidèles, qui n'ont plus le droit désormais de porter de nom, lui ont creusé cette tombe et consacré cette dalle. Il existe une prophétie selon laquelle, après un certain nombre d'années, le commandant ressuscitera et, depuis cette maison, conduira ses fidèles à la reconquête de la colonie. Ayez foi et espoir ! »

Lorsque le voyageur eut achevé cette lecture et se redressa, il vit les hommes debout tout autour de lui qui souriaient, comme s'ils avaient lu l'inscription avec lui, l'avaient trouvée ridicule et l'invitaient à se rallier à leur opinion. Le voyageur fit semblant de ne pas s'en apercevoir, distribua quelques pièces de monnaie, attendit encore qu'on eût replacé la table au-dessus de la tombe, sortit de la maison de thé et se rendit au port.

Le soldat et le condamné avaient trouvé à la maison de thé des gens de connaissance qui les avaient retenus. Mais ils avaient dû s'en débarrasser bientôt, car le voyageur se trouvait seulement à mi-pente du long escalier descendant aux bateaux qu'ils étaient déjà à ses trousses. Ils voulaient vraisemblablement forcer le voyageur, au dernier moment, à les emmener. Tandis que celui-ci, en bas, négociait avec un marin son passage jusqu'au vapeur, ils dévalèrent tous deux l'escalier, en silence, car ils n'osaient pas crier. Mais quand ils arrivèrent en bas, le voyageur était déjà dans le bateau et le marin levait l'amarre. Ils auraient encore pu sauter dans le bateau, mais le voyageur ramassa un lourd cordage à nœuds qu'il brandit en les en menaçant, les empêchant ainsi de sauter.

CATALOGUE LIBRIO (extraits)

LITTÉRATURE

Hans-Christian Andersen
La petite sirène et autres contes - n° 682

Anonyme
Tristan et Iseut - n° 357
Roman de Renart - n° 576
Amour, désir, jalousie - n° 617
Pouvoir, ambition, succès - n° 657
Les Mille et Une Nuits :
Sindbad le marin - n° 147
Aladdin ou la lampe merveilleuse - n° 191
Ali Baba et les quarante voleurs *suivi de* Histoire du cheval enchanté - n° 298

Fernando Arrabal
Lettre à Fidel Castro - n° 656

Boyer d'Argens
Thérèse philosophe - n° 422

Isaac Asimov
La pierre parlante *et autres nouvelles* - n° 129

Richard Bach
Jonathan Livingston le goéland - n° 2
Le messie récalcitrant (Illusions) - n° 315

Honoré de Balzac
Le colonel Chabert - n° 28
Ferragus, chef des Dévorants - n° 226
La vendetta *suivi de* La bourse - n° 302

Jules Barbey d'Aurevilly
Le bonheur dans le crime *suivi de* La vengeance d'une femme - n° 196

René Barjavel
Béni soit l'atome *et autres nouvelles* - n° 261

James M. Barrie
Peter Pan - n° 591

Frank L. Baum
Le magicien d'Oz - n° 592

Nina Berberova
L'accompagnatrice - n° 198

Bernardin de Saint-Pierre
Paul et Virginie - n° 65

Patrick Besson
Lettre à un ami perdu - n° 218
28, boulevard Aristide-Briand *suivi de* Vacances en Botnie - n° 605

Pierre Bordage
Les derniers hommes :
1. Le peuple de l'eau - n° 332
2. Le cinquième ange - n° 333
3. Les légions de l'Apocalypse - n° 334
4. Les chemins du secret - n° 335
5. Les douze tribus - n° 336
6. Le dernier jugement - n° 337
Nuits-lumière - n° 564

Ray Bradbury
Celui qui attend *et autres nouvelles* - n° 59

Lewis Carroll
Les aventures d'Alice au pays des merveilles - n° 389
Alice à travers le miroir - n° 507

Jacques Cazotte
Le diable amoureux - n° 20

Adelbert de Chamisso
L'étrange histoire de Peter Schlemihl - n° 615

Andrée Chedid
Le sixième jour - n° 47
L'enfant multiple - n° 107
L'autre - n° 203
L'artiste *et autres nouvelles* - n° 281
La maison sans racines - n° 350

Arthur C. Clarke
Les neuf milliards de noms de Dieu *et autres nouvelles* - n° 145

John Cleland
Fanny Hill, la fille de joie - n° 423

Colette
Le blé en herbe - n° 7

Joseph Conrad
Typhon - n° 718

Benjamin Constant
Adolphe - n° 489

Savinien de Cyrano de Bergerac
Lettres d'amour et d'humeur - n° 630

Maurice G. Dantec
Dieu porte-t-il des lunettes noires ? *et autres nouvelles* - n° 613

Alphonse Daudet
Lettres de mon moulin - n° 12
Tartarin de Tarascon - n° 164

Philippe Delerm
L'envol *suivi de* Panier de fruits - n° 280

Virginie Despentes
Mordre au travers - n° 308
(pour lecteurs avertis)

Philip K. Dick
Les braconniers du cosmos *et autres nouvelles* - n° 92

Denis Diderot
Le neveu de Rameau - n° 61
La religieuse - n° 311

Fiodor Dostoïevski
L'éternel mari - n° 112
Le joueur - n° 155

Alexandre Dumas
La femme au collier de velours - n° 58

Francis Scott Fitzgerald
Le pirate de haute mer *et autres nouvelles* - n° 636

Gustave Flaubert
Trois contes - n° 45
Passion et vertu *et autres textes de jeunesse* - n° 556

Cyrille Fleischman
Retour au métro Saint-Paul - n° 482

Théophile Gautier
Le roman de la momie - n° 81
La morte amoureuse *suivi de* Une nuit de Cléopâtre - n° 263

J.W. von Goethe
Faust - n° 82

Nicolas Gogol
Le journal d'un fou *suivi de* Le portrait *et de* La perspective Nevsky - n° 120
Le manteau *suivi de* Le nez - n° 691

Jacob Grimm
Blanche-Neige *et autres contes* - n° 248

Pavel Hak
Sniper - n° 648

Éric Holder
On dirait une actrice *et autres nouvelles* - n° 183

Homère
L'Odyssée *(extraits)* - n° 300
L'Iliade *(extraits)* - n° 587

Michel Houellebecq
Rester vivant *et autres textes* - n° 274
Lanzarote *et autres textes* - n° 519 *(pour lecteurs avertis)*

Victor Hugo
Le dernier jour d'un condamné - n° 70
La légende des siècles *(extraits)* - n° 341

Henry James
Le tour d'écrou - n° 200

Franz Kafka
La métamorphose *suivi de* Dans la colonie pénitentiaire - n° 3

Stephen King
Le singe *suivi de* Le chenal - n° 4
La ballade de la balle élastique *suivi de* L'homme qui refusait de serrer la main - n° 46
Danse macabre :
Celui qui garde le ver *et autres nouvelles* - n° 193
Cours, Jimmy, cours *et autres nouvelles* - n° 214
L'homme qu'il vous faut *et autres nouvelles* - n° 233
Les enfants du maïs *et autres nouvelles* - n° 249

Rudyard Kipling
Les frères de Mowgli *et autres nouvelles de la jungle* - n° 717

Madame de La Fayette
La princesse de Clèves - n° 57

Jean de La Fontaine
Contes libertins - n° 622

Jack London
Croc-Blanc - n° 347

Howard P. Lovecraft
Les autres dieux et autres nouvelles - n° 68

Marco Polo
Le Livre des merveilles du monde - n° 727

Richard Matheson
La maison enragée *et autres nouvelles fantastiques* - n° 355

Guy de Maupassant
Le Horla - n° 1
Boule de Suif *et autres nouvelles* - n° 27
Une partie de campagne *et autres nouvelles* - n° 29
Une vie - n° 109
Pierre et Jean - n° 151
Contes noirs - *La petite Roque et autres nouvelles* - n° 217
Le Dr Héraclius Gloss *et autres histoires de fous* - n° 282
Miss Harriet *et autres nouvelles* - n° 318

Prosper Mérimée
Carmen *suivi de* Les âmes du purgatoire - n° 13
Mateo Falcone *et autres nouvelles* - n° 98
Colomba - n° 167 (...)

Librio

3

Achevé d'imprimer en Allemagne (Pössneck) par GGP
en octobre 2007 pour le compte de E.J.L.
87, quai Panhard-et-Levassor, 75013 Paris
Dépôt légal octobre 2007
1er dépôt légal dans la collection : janvier 1994
EAN 9782290335338

Diffusion France et étranger : Flammarion